HISTORIA DEL AÑO

por Juan Fernández

D1736865

CONTENT WARNING

This book is not suitable for children

Sex references, strong language and weird sense of humour used in this book is **UNSUITABLE for children.**

AVISO SOBRE EL CONTENIDO

Este libro no es adecuado para niños

Las referencias sexuales, el tipo de lenguaje y el extraño sentido del humor que se usa en este libro **NO ES ADECUADO para niños**.

INTRODUCTION

ABOUT THE BOOK

This book is a Graded Reader for adult learners with an intermediate or upper-intermediate level of Spanish. It will help you learn, revise and consolidate the vocabulary and grammar of the **level B2** on the **Common European Framework of Reference.**

WEB SERIES ON YOUTUBE

This story was originally released as a series of 12 videos on YouTube, each of them featuring live narration of the story. The main purpose of the videos was to show the use of key vocabulary and key grammar structures in context, as used by native speakers.

COMPREHENSION EXERCISES

For each chapter of the story, you can find the transcription and comprehension exercises in our blog 1001 Reasons to Learn Spanish.

Watch all the videos of the story and do the comprehension exercises on this link:

www.1001reasonstolearnspanish.com/storytelling-spanish/

HOW TO READ THIS BOOK

This is a story, not a textbook. Do not approach this book as you would a normal textbook of the kind used in language classes or for self-learning.

The point of reading Graded Reader stories in Spanish is to be exposed as much as possible to the flow of the language and how it works, in a more natural way than the highly-structured and artificial dialogues usually found in textbooks and grammar–vocabulary exercises.

Do not try to figure out what every single word means; do not stop to look up in the dictionary all the words or expressions you do not understand. **Try instead to deduce or infer their meaning in the context of the story**.

Learning to guess what one word or one expression means in context, without looking it up in the dictionary, is a very important skill when reading in a Foreign Language; a skill you should develop little by little by doing lots of reading practice without external help.

If you spend too much time searching for the meaning of words you do not know, reading the story may become very boring for you and finishing the book may seem like a heavy burden.

The main point of reading this book is not to analyse the grammar and the vocabulary too much, but to enjoy the story.

I hope you do!

Juan Fernández

www.1001reasonstolearnspanish.com

CONTENTS

Enero

Recuerdo que aquel primero de enero me levanté muy alegre. ¡Empezaba un nuevo año! El año anterior había sido horrible. Menos mal que ya había terminado.

Había muchas cosas en mi vida con las que yo no estaba contento. Tenía muchas ganas de cambiar, de mejorar. En diciembre había hecho un montón de buenos propósitos para el año nuevo, para el año que iba a empezar. Quería que a partir del primer día del año nuevo mi vida fuese diferente de lo que había sido hasta entonces.

Ya sabes, querido lector, lo que suele decirse al principio del año: Año Nuevo, Vida Nueva. Y si no lo sabías, ahora ya lo sabes.

Había decidido empezar a hacer (o dejar de hacer) un montón de cosas: quería empezar a ir al gimnasio, aprender un idioma, comer mejor, leer más, dejar de fumar… En fin, lo típico: los buenos propósitos que suele hacerse casi todo el mundo al principio del año.

No era la primera vez que me proponía dar un giro radical a mi existencia en el año nuevo. Cada 31 de diciembre me hacía un montón de buenos propósitos, pensaba en proyectos e imaginaba planes que luego por lo general no cumplía. Normalmente, al cabo de unas semanas ya me había olvidado de todos los planes que había hecho, de todos mis sueños.

Sin embargo, aquel año yo quería que fuese diferente. Había decidido tomarme mis propósitos para el nuevo año muy en serio. Esta vez no me iba a olvidar de mis sueños. Iba a ir a por ellos. Iba a mantener todas mis promesas.

Estaba harto de todo. Quería mejorar mi vida de una vez y había decidido que aquel nuevo año marcaría un antes y un después en mi existencia. Al final de mis días, ya muy viejo, miraría hacia atrás y pensaría: "Sí, aquel fue el año en el que todo cambió. A partir de aquel año, ya nada fue igual".

UNO DE ENERO

Total, que aquel año lo empecé con una ilusión tremenda. **Me quería comer el mundo.**

La mañana del primero de enero me levanté de muy buen humor. Estaba **más contento que unas Pascuas** (nunca mejor dicho porque las fiestas de Navidad, las Pascuas, todavía no habían terminado).

¡Empezaba un nuevo año y yo iba a comerme el mundo!

Me levanté temprano, me duché, me afeité, desayuné, me vestí y me fui a la calle.

Tenía ganas de dar una vuelta tranquilo por la ciudad. Quería callejear un poco antes de que se despertara la gente. El primer día del año la gente duerme hasta tarde y por la mañana las calles suelen estar vacías. La ciudad era toda para mí.

Recuerdo que hacía mucho frío. El cielo estaba nublado. No llovía, pero hacía mucho frío. Unos días antes había nevado y todavía había un poco de nieve en las calles. De todas formas, yo estaba de buen humor. No me importaba el tiempo y que hiciera frío o que estuviese nublado me daba igual.

Salí de casa y empecé a pasear por la ciudad desierta. Llevaba diez o quince minutos caminando cuando, de repente, alguien me llamó: "¡Juan, Juan!"

Me di la vuelta y miré hacia atrás. Era Carlos, mi amigo Carlos. Yo estaba muy contento, lo abracé y le dije: "¡Feliz Año Nuevo! ¡Felicidades!" Lo típico, ¿no? Lo que se suele decir esos días.

Él me miró muy serio y me dijo: "¿Pero dónde vas? ¿Dónde vas así, tío? ¿Por qué no llevas un gorro? ¿No tienes frío? ¡Te vas a poner enfermo! ¿Es que no tienes un gorro?"

A mí nunca me ha gustado llevar gorro. Nunca me han gustado los gorros. No me quedan bien. Me hacen cara de pan.

Pero la verdad es que Carlos tenía razón. ¡Hacía mucho frío! Unos días antes había nevado. De hecho, todavía quedaba nieve por las calles.

"¡No puedes salir así, sin gorro! ¿Estás loco? ¡Te vas a poner enfermo! ¡Vas a coger un resfriado! ¡Vas a coger la gripe! ¿Cómo se te ocurre salir a la calle sin gorro? ¡Con el frío que hace!"

Tenía que **hacerle caso** a Carlos. Necesitaba un gorro de lana. No podía salir a la calle en el mes de enero, en invierno, sin gorro. Podía ponerme enfermo.

Como yo no tenía ningún gorro en casa, les pedí a los Reyes Magos que me trajeran uno.

No sé si sabes, querido lector, que en España los regalos de Navidad los traen tradicionalmente los Reyes Magos el día 6 de enero. Los niños suelen escribir una carta a los Reyes pidiendo los regalos que quieren y el día 6 de enero, cuando se levantan por la mañana, los encuentran debajo del árbol de Navidad: juguetes, libros, una bicicleta, un balón de fútbol...

Siempre que hayan sido buenos, claro. Siempre y cuando hayan sido obedientes y se hayan comportado bien con sus padres y con sus hermanos. Si han sido malos, los Reyes Magos solo les dejan carbón.

Bueno, pues yo, aquel año, a los Reyes Magos les pedí que me trajeran un gorro de lana para ponérmelo en la cabeza y salir a la calle abrigado, calentito, en los fríos días del invierno.

Era un poco tarde. Normalmente, las cartas a los Reyes Magos se escriben en diciembre, con un poco más de tiempo, pero yo sabía que de todas formas me lo traerían. Al fin y al cabo yo siempre he sido un niño muy bueno, quizás demasiado bueno…

De hecho, quizás ese haya sido el problema de mi vida: que he sido siempre demasiado bueno. Si de vez en cuando hubiera sido un poco más "malo", **otro gallo cantaría.** Si de vez en cuando hubiera sido un poco menos "bueno", quizás mi vida habría sido diferente y ahora sería más feliz.

Pero esa es otra historia que **ahora no viene a cuento**. Ya hablaremos otro día de eso.

SEIS DE ENERO

El caso es que aquel 6 de enero, cuando me levanté por la mañana encontré debajo del árbol de Navidad un gorro de lana muy bonito de color rojo. Me lo puse, me miré al espejo y pensé: "¡Ah! ¡Qué bien! Ahora puedo salir a la calle calentito. Ya no tendré que pasar frío. Ahora puedo ir a pasear en los meses de invierno sin miedo a ponerme enfermo!"

Es verdad que no me quedaba muy bien. Me hacía un poco cara de pan, como ya me lo había yo imaginado.

De joven no me habría puesto un gorro así jamás, ni loco.

Yo de joven quería estar guapo para gustarles a las chicas. Odiaba los gorros. Me quedaban fatal. No me favorecían nada. Al contrario, los gorros me hacían cara de tonto; me hacían cara de pan.

De todas formas, no es que yo ligase mucho. A mí las chicas nunca me hacían mucho caso. La verdad es que yo nunca he tenido demasiada suerte con las mujeres y con gorro o sin gorro de joven ligaba muy poco. Pero me imagino que si hubiera llevado gorro, habría ligado aún menos. A las chicas no les gustan los hombres con cara de pan.

Sin embargo, a mi edad todo eso ya me daba un poco igual. ¡Qué más me daba si el gorro me hacía cara de pan! Lo más importante era que me abrigase la cabeza y me diera calor. Para mí, la apariencia física ya era cada vez menos importante.

Mirándome al espejo, pensé: "¡Qué más da si estoy guapo, si estoy feo o si tengo cara de pan! ¡Quién se va a fijar en mí a mis años! A estas alturas ninguna mujer me va a mirar por la calle".

Y eso fue lo que hice. Me puse el gorro rojo de lana y salí a dar una vuelta.

Era 6 de enero y las calles estaban llenas de niños que jugaban con sus juguetes nuevos, con los juguetes nuevos que les acababan de traer los Reyes Magos aquella misma mañana.

Yo estaba de buen humor. Hacía frío, pero a mí no me importaba porque yo llevaba un gorro de lana y ya no tenía miedo de ponerme enfermo.

Llevaba diez o quince minutos caminando por la calle cuando, de repente, escuché una voz a mis espaldas que decía: ¡"Juan, Juan! ¿Qué haces? ¿Dónde vas?"

Me di la vuelta y miré hacia atrás. Era Roberto, mi amigo Roberto.

Yo estaba muy contento. Tenía un gorro de lana nuevo y ya no tenía frío, ya no tenía miedo de ponerme enfermo. Como estaba de tan buen humor, lo abracé y le dije: "¡Feliz Año Nuevo! ¡Felicidades!" Lo típico, ¿no? Lo que se suele decir esos días.

Él me miró y de repente se echó a reír: "¡Ja ja ja! Pero, tío, ¿dónde vas con ese gorro? ¡Es ridículo! ¡Es un gorro ridículo!"

Yo no entendía bien de qué se reía Roberto. ¿Por qué decía que mi gorro de lana era ridículo?

"¡Pero, hombre! ¿Es que no te das cuenta de que tú ya eres muy mayor para llevar un gorro de color rojo? Ese gorro es para alguien muy joven, para alguien mucho más joven que tú. ¡Estás haciendo el ridículo, hombre! ¿Cómo se te ocurre salir a la calle con un gorro rojo? ¡A tus años!"

Me dio mucha vergüenza. Tal vez Roberto tenía razón. Me di cuenta de que yo ya tenía una cierta edad; me di cuenta de que yo ya no era un jovencito para ir por la calle con un gorro rojo. Comprendí que los gorros rojos son para jóvenes y que yo ya era muy mayor.

De pronto me sentí muy viejo. ¿Cómo se me habría ocurrido salir a la calle con un gorro rojo? ¡A mis años!

Entonces, ¿sabes qué hice, querido lector? Le pedí a mi hermana el recibo de compra del gorro y unos días más tarde fui a la tienda donde ella me lo había comprado. Quería devolverlo. Quería descambiarlo por un gorro más serio; por un gorro más apropiado para mi edad.

Llegué a la tienda y le dije a la dependienta: "Quería devolver este gorro. Aquí tengo el recibo. Quería descambiarlo por un gorro más serio; por un gorro más apropiado para mi edad".

La chica fue muy amable conmigo. Me dijo: "Claro, por supuesto, mire en aquella sección y coja el gorro que más le guste".

Como eran las Rebajas de Enero, había mucha gente en la tienda. Todo el mundo quería comprar en las rebajas para poder sobrevivir a La Cuesta de Enero. Después de las fiestas de Navidad, Reyes y Año Nuevo viene lo que se llama La Cuesta de Enero.

LA CUESTA DE ENERO

No sé, querido lector, si has oído alguna vez esta expresión. Se llama "La Cuesta de Enero" a las dos o tres semanas que hay después de las fiestas de Navidad porque **nadie tiene un duro**: todo el mundo se ha gastado un montón de dinero en regalos y celebraciones y no es fácil llegar a fin de mes.

Se trata de una metáfora para explicar cómo se siente la gente después de haberse gastado un montón de pasta para celebrar La Navidad, Los Reyes y El Año Nuevo: esas semanas después de los festejos serían como una cuesta hacia arriba que se sube con mucho esfuerzo y dificultad.

En la cuesta de enero los bolsillos están vacíos y no queda mucho dinero para ir de compras. Por eso las tiendas aprovechan esos días para bajar los precios y deshacerse así de algunos productos que de otra forma no venderían. Son las Rebajas de Enero.

Bueno, total, que en la tienda donde mi hermana me había comprado el gorro estaban de rebajas y me encontré con un montón de gente que se agolpaba intentando desesperadamente conseguir algún chollo, alguna ganga de última hora.

Tuve miedo de que ya no quedaran gorros, de que ya se hubiesen terminado. Pero no, por suerte todavía quedaban algunos. Entonces fui y cogí un gorro de lana negro. Era como el que me habían traído los Reyes, pero negro en lugar de rojo. Era un gorro más serio; más apropiado para mi edad.

Me lo puse y salí de la tienda pitando, muy deprisa. Nunca he soportado comprar en las rebajas. Me da mucho agobio la gente.

Bueno, pues llevaba diez o quince minutos caminando cuando escuché otra vez a alguien que me llamaba: "¡Juan, Juan!" Me di la vuelta y miré hacia atrás. Era Marta, mi amiga Marta.

Yo estaba muy contento. Tenía un gorro de lana nuevo, de color negro; un gorro serio, muy apropiado para mi edad. Y ya no tenía frío; ya no tenía miedo de ponerme enfermo.

Como estaba de muy buen humor, la abracé y le dije: "¡Feliz año nuevo, Marta! ¡Felicidades!" Lo típico, ¿no? Lo que se suele decir esos días.

Ella me miró y de repente se echó a reír: "¡Ja ja ja! ¿Pero, tío, dónde vas? ¿Dónde vas así? ¿Dónde vas con ese gorro tan triste? ¿Dónde vas con ese gorro tan serio? ¡Te hace más mayor de lo que eres! ¡Por Dios! ¿Cómo se te ocurre salir a la calle con un gorro negro?"

A mí me dio mucha vergüenza. Tal vez Marta tenía razón. Es verdad que yo ya tenía una cierta edad y que ya no era un jovencito para ir por la calle con un gorro rojo; pero aquel gorro negro era demasiado formal, demasiado serio, y me hacía más mayor de lo que en realidad era.

Entonces, ¿sabes qué hice, querido lector? Volví a la tienda. Hablé otra vez con la dependienta, que era una chica joven muy amable, y le expliqué mi problema: "Mira, me han dicho que este gorro es demasiado serio para mí. ¿No tienes gorros de otros colores?"

Ella, muy simpática, me sonrió y me dijo: "¡Claro! Mire usted en aquella sección y coja el gorro que más le guste, caballero".

Entonces fui hacia la sección donde la chica me había dicho. Todavía había mucha gente que estaba allí comprando en las Rebajas de Enero. Algunos se peleaban y gritaban:

-¡Esa camisa es mía! ¡Yo la vi primero!
-¡No! ¡Es mía! ¡Es mía!
-¡Que te calles!
-¡Los calcetines! ¡Los calcetines!

Total, que yo, como pude, fui y busqué otro gorro un poco más informal y me lo probé. Era un gorro verde muy bonito, de lana, como los otros, pero de color verde, es decir, ni demasiado serio ni demasiado informal.

Le di las gracias a la dependienta y salí de allí pitando, muy deprisa, con el gorro verde puesto. Me estaba agobiando con tanta gente comprando en las Rebajas.

Llevaba diez o quince minutos caminando por la calle cuando, de repente, volví a escuchar a alguien que me llamaba: "¡Juan, Juan! ¿Tío, qué haces? ¿Dónde vas?"

Me di la vuelta y miré hacia atrás. Era Antonio, mi amigo Antonio.

Yo estaba muy contento. Tenía un gorro de lana nuevo de color verde. Era un gorro serio, pero no demasiado serio; informal, pero no demasiado informal. Me parecía un gorro muy apropiado para mi edad, y, además, ya no tenía frío; ya no tenía miedo de ponerme enfermo.

Como estaba de muy buen humor, lo abracé y le dije: "¡Feliz Año Nuevo, Antonio! ¡Felicidades!" Lo típico, ¿no? Lo que se suele decir esos días.

Él me miró y de repente se echó a reír: "¡Ja ja ja! ¿Pero, tío, dónde vas? ¿Dónde vas así? ¿Dónde vas con ese gorro tan ridículo? ¡Estás haciendo el ridículo! ¿No te das cuenta?"

Yo no entendía bien de qué se reía Antonio. ¿Por qué decía que mi gorro de lana era ridículo?

"¡Pero, tío! ¿Es que no te das cuenta de que ese tipo de gorros de lana son para las tías, para las mujeres, no para nosotros? Los hombres tenemos que llevar algo diferente".

Yo lo miré sin entender qué quería decir.

"¡Una gorra, tío, una gorra! ¡Para los hombres como nosotros lo apropiado es llevar una gorra, no un gorro! ¡Estás haciendo el ridículo, tío! ¿Cómo se te ocurre ponerte un gorro de lana? Los hombres llevan gorras, no gorros."

Entonces lo miré mejor y me di cuenta de que, efectivamente, él llevaba una gorra, no un gorro. De hecho, pensándolo bien, Antonio siempre lleva gorra, tanto en invierno como en verano. En invierno por el frío y en verano por el sol.

Otra vez me dio mucha vergüenza. Tal vez Antonio tenía razón. A lo mejor los gorros de lana no eran apropiados para hombres. Quizás los hombres, especialmente los hombres de una cierta edad, deberíamos llevar gorras, no gorros.

Entonces, ¿sabes qué hice, querido lector? Volví a la tienda. Cuando la dependienta me vio entrar otra vez, se echó a reír.

"¡Pero hombre! ¡Usted otra vez! ¿Otra vez quiere usted descambiar el gorro?"

"¡Sí, otra vez!" Le contesté yo, poniéndome rojo como un tomate.

Me dio mucha vergüenza. Ya era la tercera vez que iba a descambiar el maldito gorro. Le dije: "Esta vez no quiero un gorro, sino una gorra. Quiero una gorra para hombres, para hombres como yo: ni demasiado jóvenes, ni demasiado viejos; ni demasiado serios, ni demasiado alegres".

La chica volvió a echarse a reír: "¡Ah, vale, entiendo, una gorra para hombres como usted!"

"¿Tienes gorras para hombres como yo?" Le pregunté.

Y ella, riendo, me dijo: "Claro, mire en aquella sección. Quizás queden todavía gorras para hombres como usted en aquella parte de la tienda".

Fui hacia la sección donde la chica me había dicho. Todavía había mucha gente que estaba allí comprando en las Rebajas de Enero. Algunos se peleaban y gritaban:

-¡Esa camisa es mía, yo la vi primero!
-¡No! ¡Es mía! ¡Es mía!
-¡Que te calles!
-¡Los calcetines! ¡Los calcetines!

A mí la verdad es que me daba un poco de agobio entrar allí, meterme entre toda aquella gente que buscaba desesperadamente una ganga o un chollo de última hora.

Yo no suelo ir a las rebajas y no sabía muy bien qué hacer. De repente vi una gorra. Era la única gorra que quedaba en la tienda. Era muy chula; era la gorra más bonita que había visto en toda mi vida. Era marrón, de piel, con un estilo un poco clásico, pero al mismo tiempo moderna.

Me la probé. Me miré al espejo. Me encantaba. Era una gorra chulísima. Molaba mogollón. Incluso me quedaba bien. No me hacía cara de pan. Tampoco me hacía mayor ni era demasiado informal. Era perfecta.

De repente sentí un golpe en la cabeza. ¡Zas! Me di la vuelta y miré hacia atrás. Me encontré con un tío flacucho, muy delgado, con cara de pájaro. El tipo tenía la gorra en las manos y me miraba **de mala leche**, como si me odiara. Solo entonces me di cuenta de que aquel tío me había quitado la gorra de la cabeza de un manotazo: ¡Zas!

"¡Esta gorra es mía, esta gorra es mía! ¡Yo la había visto antes, yo la había visto antes!" Me gritó el tío con cara de pájaro.

Su voz me recordó a los graznidos de los cuervos cuando se cabrean. ¿Querido lector, has visto alguna vez un cuervo cabreado, muy enfadado? Pues así gritaba el tío aquel que me había quitado la gorra de la cabeza de un manotazo.

Era un tipo más bajo que yo, flacucho, muy delgado, con gafas… No me daba ningún miedo. Intenté poner cara de mala leche yo también. Quería darle un poco de miedo.

Me acerqué muy serio hasta él. Intenté poner cara de malo, como los matones que había en mi colegio cuando era pequeño y que me daban tanto miedo. Le puse la boca cerca de la nariz y le dije con tono amenazador: "¡Esa gorra es mía! ¡Yo me la estaba probando! ¡Devuélvemela, cabrón!"

Yo esperaba que el tío se cagase de miedo, pero no. El tío con cara de pájaro no tenía miedo de mí. En lugar de largarse de allí corriendo como yo esperaba, el tipo se acercó aún más hacia mí, hasta casi tocar mi cara con su cara, y me soltó en mis narices: "¡Ni hablar! ¡Ni de coña! Esta gorra es mía, ¿verdad, Pepe?"

¿Pepe? ¿Quién era Pepe? Me di la vuelta, miré hacia atrás y de repente vi a Pepe. Pepe era su amigo. No lo había visto antes porque estaba detrás de mí. Pepe era grande, ancho de espaldas y mucho más alto que yo. Así, a ojo, me pareció que medía unos dos metros y medio de alto por un metro y medio de ancho. Me dio mucho miedo.

Pepe tenía las espaldas tan anchas como un armario, pero lo que más me llamó la atención fueron sus brazos. Tenía más músculos en uno solo de sus brazos que yo en todo mi cuerpo.

Querido lector, ¿has visto alguna vez esos tíos que se pasan la vida en el gimnasio, levantando pesas todo el día, desde por la mañana hasta por la noche? Pues así era Pepe.

Entonces, claro, ¿qué iba a hacer yo? ¿Qué podía hacer yo?
Les pedí disculpas a los dos, al tío con cara de pájaro y a su amigo Pepe, y les dije que, por supuesto, faltaría más, que la gorra era suya; que me había equivocado, que me perdonasen. Luego esbocé una sonrisa nerviosa y me fui pitando. Quería escaparme de allí lo antes posible.

Total, que me quedé sin gorra porque esa era la última gorra que quedaba en la tienda.

Entonces fui y me acerqué otra vez a la dependienta y le conté lo que había pasado: que ya no quedaban más gorras, que ahora tendría que salir a la calle sin gorro y sin gorra y que probablemente me pondría enfermo porque hacía mucho frío y...

Ella se echó a reír y me dijo: "Pero, hombre, ¿por qué quiere usted cubrirse la cabeza? Tiene usted un pelo muy bonito. Las canas le dan un toque elegante, de hombre maduro".

Entonces, de repente, me di cuenta de algo. Fue así, de repente, al escuchar las palabras de la dependienta. Cuando la chica de la tienda me dijo que mi pelo era bonito, que las canas me daban un toque elegante, hubo algo que hizo *click* en mi interior: yo hacía caso siempre de lo que decían los demás. Daba demasiada importancia a la opinión de la gente; intentaba gustarle a todo el mundo y me daban miedo las críticas. En lugar de seguir mi propio criterio, prestaba demasiada atención a lo que la gente pudiera pensar de mí.

En fin, fue así, querido lector, que me di cuenta de que cada persona tiene una opinión diferente; que cada persona ve las cosas de un modo distinto y de que yo no tengo por qué hacer caso de todo lo que me dicen los demás.

Entonces, le pregunté a la dependienta si todavía tenía el gorro rojo que le había traído la primera vez que entré en la tienda, el gorro rojo de lana que me habían traído los Reyes. Ella me sonrió y me dijo que, claro, por supuesto que todavía lo tenía.

Sin que yo se lo pidiera, la chica de la tienda lo cogió de debajo del mostrador y me lo alargó con la mano. Lo cogí y me lo puse. Ese era el gorro que me habían traído los Reyes y ese era el gorro que yo quería llevar.

Pero antes de salir de la tienda, ¿sabes lo que hice, querido lector? Me sentía tan seguro de mí mismo, me sentía tan bien conmigo mismo, que hice algo completamente inesperado para mí: le pedí una cita a la chica de la tienda, a la dependienta.

Eso es. Le pedí una cita. A pesar de que era una chica muy guapa y mucho más joven que yo, le pedí una cita. Le dije: "Ahora estamos en la cuesta de enero y no tengo mucho dinero, la verdad, pero si quieres, en febrero, me gustaría invitarte a cenar conmigo, ¿qué me dices?".

La chica se quedó muy sorprendida, claro, y me dijo… ¿Sabes lo que me dijo, querido lector? ¿Sabes lo que pasó?

Bueno, ahora se ha hecho un poco tarde y tengo que salir pitando. Ya te lo contaré el mes que viene.

Vocabulario 1

Me quería comer el mundo: tenía grandes ideas; era muy ambicioso.

Más contento que unas Pascuas: muy contento (las Pascuas son las Fiestas de Navidad).

Hacerle caso: la expresión "hacer caso" (a alguien) quiere decir prestarle atención, escucharle y seguir sus instrucciones o sus consejos.

Otro gallo cantaría: la situación sería muy diferente.

Ahora no viene a cuento: no es el momento de hablar de ese tema.

Nadie tiene un duro: nadie tiene dinero ("un duro" es una antigua moneda de España).

De mala leche: de mal humor, enfadado, con malas intenciones.

Febrero

La historia del gorro fue un poco ridícula. Tengo que reconocerlo. Pero, bueno, lo importante es que a pesar de todo, a pesar de haber hecho un poco el ridículo delante de la chica de la tienda, parece que le caí bien, que le caí simpático. Que le gusté, vamos.

Una cosa extraña, la verdad, porque yo suelo caer bastante mal. Sí, la primera impresión que le doy a la gente es que soy un tipo muy serio, sin sentido del humor, aburrido... Suelo caer mal. No sé por qué, pero es así: suelo caerle mal a la gente.

En fin, por eso me sorprendió mucho cuando le caí bien a la chica de la tienda, a la dependienta. Por cierto, me parece que todavía no he dicho cómo se llama, ¿no? Se llama Carmen.

Bueno, pues, como decía, resulta que a esta chica, a Carmen, le caí bien. Le hice gracia, vamos.

Yo aproveché para pedirle una cita. No suelo pedir citas a las desconocidas. No pienses, querido lector, que yo soy un ligón, uno de esos tipos que va conquistando a todas las mujeres que encuentra a su paso. Una especia de James Bond a la española. Un Don Juan.

Nada de eso. Me llamo Juan, pero no soy un Don Juan. Al contrario, yo nunca he tenido mucha suerte con las mujeres. De joven no ligaba nada y ahora de mayor mucho menos.

Sin embargo, aquel día tuve el valor de pedirle una cita a la dependienta de la tienda. Fue algo impulsivo, algo que hice sin pensar. Y lo mejor de todo fue que la chica, Carmen, aceptó; me dijo que sí, que estaría encantada de ir a cenar conmigo.

Como te puedes imaginar, querido lector, yo salí de la tienda eufórico, con una sonrisa de oreja a oreja. ¡Una chica tan joven, tan guapa y tan simpática como Carmen me había dicho que sí! ¡Había aceptado mi invitación!

Cuando salí de la tienda de ropa llevaba el gorro puesto, pero luego me lo quité. Hacía mucho frío, pero a mí me daba igual; no me importaba lo más mínimo. Estaba eufórico. Había ligado y eso era lo único que me importaba en aquel momento.

El problema es que hacía tanto frío aquel día que me puse enfermo. Seguramente las canas me daban un toque elegante, como me había dicho Carmen; tal vez sea verdad que tengo un pelo muy bonito y quizás sea una pena esconderlo con un gorro, pero el problema es que sin gorro y con el frío que hacía aquel día al final pillé un resfriado de campeonato. Tuve que quedarme en casa varias semanas sin poder salir.

Total, que no pude quedar con Carmen. La llamé y le dije que no podía quedar con ella, que me había puesto enfermo. No le dije que me había resfriado por seguir su consejo de salir a la calle sin gorro. Al fin y al cabo no era culpa suya. Ella solo había intentado ser amable conmigo.

Fue una pena. ¡Para una vez que ligo!

Yo creía que estaba todo perdido y que la chica se olvidaría de mí. Al fin y al cabo me había visto solo una vez. Pero resulta que unos días más tarde, la chica, Carmen, me llamó para decirme que en febrero sus amigos iban a organizar una fiesta y que si yo quería, podíamos ir los dos juntos.

Al principio me pareció una idea excelente y me puse muy contento. Pensé que podría ser divertido. Yo no había estado nunca en una fiesta de carnaval, pero me parecía que podría ser una buena oportunidad para conocer mejor a Carmen y a sus amigos. Le dije que sí, claro, que iría encantado. No podía dejar escapar una oportunidad así.

Sin embargo, **nada más colgar el teléfono** empecé a ponerme nervioso. Yo en realidad nunca había ido a una fiesta de disfraces. De hecho, a mí el carnaval es una fiesta que nunca me ha gustado mucho, la verdad.

Además, no quería hacer el ridículo otra vez. Tenía que causarle una buena impresión a Carmen y también a sus amigos. Me imaginé que al final de la fiesta, cuando yo ya me hubiera ido y ella y sus amigos se quedaran solos, seguramente les preguntaría qué pensaban de mí, qué les había parecido yo.

Me di cuenta de que sus amigos estarían juzgándome durante toda la fiesta y que para gustarle a Carmen era importante gustarles a sus amigos también. Total, que empecé a darle tantas vueltas a la cabeza y a pensar en todas las cosas que podrían salir mal, que terminé por ponerme muy nervioso yo solo.

EL DISFRAZ

Luego estaba el tema del disfraz: "¿Qué me pongo? ¿Qué disfraz me pongo?" Yo la verdad es que nunca me había puesto un disfraz y ni siquiera sabía dónde podía comprar uno.

Me puse a mirar en internet. Escribí "disfraces de carnaval" en Google y encontré un montón de páginas web que vendían trajes para disfrazarse casi de cualquier cosa: de payaso, de princesa, de conejo, de bruja, de hombre araña, de enfermera...

El problema es que todos los disfraces que encontré eran muy caros y yo tampoco me quería gastar mucho dinero. Al fin y al cabo me lo iba a poner solo un día.

Total, que después de darle muchas vueltas a la cabeza acabé llamando por teléfono a mi amigo Carlos para ver si él me daba alguna idea.

El tío me dijo que no me preocupara, que él mismo tenía un disfraz que yo me podía poner para ir a la fiesta con Carmen: un traje de hombre prehistórico, de hombre de las cavernas.

Carlos me salvó la vida. Eso es lo bueno de tener amigos, que te pueden sacar de una situación desesperada cuando menos te lo esperas y cuando más lo necesitas.

Aquel mismo día por la tarde, mi amigo se pasó por mi casa para prestarme su traje de cavernícola.

En cuanto me lo probé me puse muy contento. Era un disfraz muy chulo que me quedaba muy bien. Era divertido, pero al mismo tiempo sexi. Me dejaba **al aire** un hombro y las piernas también.

A Carlos el disfraz le quedaba bien porque es más bajo que yo, pero a mí me quedaba un poco corto y se me veían bastante las piernas (y cuando me agachaba también los muslos). También se me veían los brazos y un poco el pecho. Me miré al espejo y me vi muy sexi.

¡Ah, y además, el disfraz tenía una cinta para ponérsela alrededor de la cabeza y una porra! La cinta era superchula y me hacía más joven porque me cubría la cabeza y me ocultaba un poco la calva y las canas.

La porra también molaba. Era obviamente un símbolo fálico que me daba un toque muy masculino.

En resumen, que el disfraz de hombre prehistórico que me había dejado Carlos me quedaba muy bien y **me molaba un montón**: era muy divertido y además me hacía más joven y sexi. Estaba seguro de que a Carmen le iba a gustar que yo fuese vestido así.

Yo me sentía un poco como **Sandokán**. ¿Te acuerdas de Sandokán, querido lector? Pues así me sentía yo con aquel disfraz… Además, esa era exactamente la impresión que yo quería darle a Carmen: un hombre divertido, pero al mismo tiempo sensual.

LA FIESTA DE CARNAVAL

Llegó el día de la fiesta. Miré en el móvil dónde estaba la casa de los amigos de Carmen en la que se iba a celebrar. Por suerte, no era demasiado lejos. Estaba a unos treinta y cinco minutos andando desde mi casa.

Pensé en coger un taxi o tomar el autobús, pero al final decidí ir a pie. Llevaba todo el día en casa, sentado, y pensé que me haría bien mover un poco las piernas. No fue una buena idea.

Recuerdo que al salir a la calle me dio mucho frío. Al fin y al cabo era febrero. En cuanto me puse a caminar me di cuenta de que el disfraz era tan ligero, tan fino, que era como si fuera desnudo por la calle. Yo no me había puesto nada más que el disfraz de cavernícola. Debajo solo llevaba los calzoncillos y nada más. Estaba **tiritando de frío.**

Mientras iba por la calle me di cuenta de que la gente me miraba y se reía. Los niños me señalaban con el dedo, algunos se echaban a reír y había gente que incluso me tomaba fotos con el móvil.

"Bueno, no pasa nada, es normal. No se ve un cavernícola todos los días por la calle…" Me decía yo a mí mismo para tranquilizarme. Pero la verdad es que me estaba poniendo cada vez más nervioso.

Me sentía estúpido, ridículo, caminando por la calle vestido de hombre prehistórico. Me sentía raro y me daba mucha vergüenza que la gente me mirase.

Pensé: "¿A quién se le ocurre ir por la calle vestido de hombre de las cavernas, a plena luz del día, en medio de toda la gente?"

Además, era la hora a la que los chicos salen de la escuela. Las calles estaban llenas de niños maleducados y de adolescentes impertinentes que volvían a casa al final de la jornada escolar.

Como es fácil imaginar, todos los que se cruzaban conmigo se burlaban abiertamente de mí delante de mis narices y sin hacer nada por disimularlo.

Algunos se acercaban hacia mí y me hacían comentarios muy groseros que prefiero no repetir aquí por respeto hacia los lectores. Otros, los más atrevidos, se me acercaban por detrás para que yo no pudiera verlos y me levantaban la falda del traje. Unos groseros.

"¿A quién se le ocurre salir a la calle vestido así? Debería haber tomado un taxi." Me repetía a mí mismo una y otra vez.

No veía la hora de llegar a la fiesta. Estaba seguro de que allí me sentiría mucho mejor porque todo el mundo llevaría un disfraz. En la fiesta no me sentiría raro.

A la media hora, más o menos, llegué a la casa de los amigos de Carmen. Cuando llegué estaba sudando. Aunque iba casi desnudo y hacía mucho frío, llegué sudando porque me había puesto muy nervioso por el camino.

¡Nunca en mi vida había pasado tanta vergüenza! Al fin y al cabo, yo ya no era un niño y no es muy frecuente ver a un tío medio calvo, con canas, ya de una cierta edad, caminando solo por la calle disfrazado de Sandokán.

Bueno, total, llegué, llamé al timbre y esperé.

¡RING, RING!

Dentro no se oía nada. Me pareció raro. Esperaba oír música o ruido de gente. Nada. Volví a llamar.

¡RING, RING!

Entonces me pareció escuchar unos pasos. Sí, alguien venía; alguien se estaba acercando hacia la puerta. Yo me preparé. Me puse derecho. Me arreglé un poco el disfraz, levanté la porra y me puse a hacer ruido con la boca imitando a un hombre prehistórico.

¡GGRRRRR!

Bueno, yo no sé cómo hablaban los hombres en la prehistoria, pero me parecía que debía de ser algo así:

¡GGRRRRR!

Yo quería dar una buena impresión. Quería que Carmen y sus amigos pensaran que yo era un tipo simpático, divertido, con sentido del humor.

Carlos me había dicho que caerle bien a los amigos de la chica que te gusta es muy importante. Y tenía razón. Seguramente tenía razón. Probablemente, al acabar la fiesta Carmen les preguntaría qué pensaban de mí; si les había parecido un tipo simpático, divertido, guapo, inteligente…

Era fundamental que yo causara una buena impresión aquella tarde en la fiesta. Por eso me había puesto aquel disfraz de cavernícola, ¿no? Me parecía un disfraz divertido, que me quedaba bien.

Me hacía sexi porque se me veían las piernas, el hombro, un poco el pecho… La cinta alrededor de la cabeza también era muy guay. Y la porra molaba. La porra molaba un montón. Era obviamente un símbolo fálico, pero no demasiado grosero. Encajaba con el traje perfectamente.

Total, que yo quería caerles bien a los amigos de Carmen. Y mientras escuchaba los pasos que se acercaban a abrir la puerta, me puse a hacer ruidos con la boca como si fuera un hombre primitivo de verdad.

Decía: ¡GRREEEERRRRRRGGGGG!

Sin embargo, la puerta no se abría. La persona que había detrás de la puerta no terminaba de abrirla.

Un poco más tarde escuché una voz que decía: "¿Quién es?"

Yo pensé volver a decir: ¡GRREEEERRRRRRGGGGG!

Pero me pareció mejor decir: "¡Soy Juan. Soy amigo de Carmen. Ella me ha invitado a la fiesta!"

Al final, poco a poco, la puerta se fue abriendo. Despacio, muy despacio. Como si la persona que la estaba abriendo tuviese miedo.

Finalmente la puerta se abrió y me encontré delante de una señora mayor, de unos ochenta años, que llevaba un vestido negro, con dibujos de flores rojas y verdes. Muy elegante.

Por un momento pensé "¡Qué buen disfraz lleva esta chica! ¡Parece una señora mayor de verdad! ¡Parece que tiene 80 años!" Pero enseguida me di cuenta de que no era una chica con un disfraz de señora mayor. ¡Era realmente una señora mayor de unos 80 años!

La señora me dijo: "¿Es usted amigo de Carmen?" Hablaba en voz baja y me miraba con los ojos muy abiertos, como si tuviera miedo.

"Sí, nos conocimos hace poco y… Bueno, me pidió que viniera a la fiesta." Le dije yo.

La señora de unos 80 años no dijo nada. Solo me miró de arriba abajo y de abajo arriba con los ojos abiertos como platos. Yo pensé que seguramente estaba muy impresionada por mi disfraz.

Después clavó su mirada en la porra que yo llevaba en la mano y abrió los ojos aún más. Parecía asustada.

Yo no sabía qué hacer. La vieja no me decía nada ni me dejaba pasar. Se había puesto delante de la puerta y me cerraba el paso. Parecía que no se fiaba de mí.

Entonces, por detrás de la señora mayor apareció una chica joven.

"¿Juan? ¿Eres tú?"

La reconocí enseguida. Era Carmen. La reconocí enseguida porque no llevaba ningún disfraz. Llevaba un vestido negro muy elegante, pero nada de disfraz.

"¿Pero qué te has puesto?" me dijo "¿Qué ropa te has puesto?"

Carmen también me miraba con los ojos muy abiertos, con los ojos abiertos como platos.

"¿Pero qué te has puesto?" me volvió a preguntar de nuevo. "¿Qué ropa te has puesto?"

En ese momento me di cuenta de todo. En ese momento comprendí mi error. Había una fiesta, sí, pero no era una fiesta de disfraces.

Como era febrero, yo había dado por supuesto que se trataba de una fiesta de carnaval; pero en realidad Carmen nunca me dijo que había que disfrazarse. Eso es lo que había pensado yo; eso es lo que yo me había imaginado; eso es lo que yo había dado por supuesto, pero no: la fiesta no tenía nada que ver con una fiesta de disfraces.

¡Al contrario! ¡Era una fiesta de gente superelegante!

Carmen se echó a reír: ¡Ja, ja, ja! Me miraba y se reía a carcajadas.

"¡Pero, hombre, cómo se te ha ocurrido venir vestido así! ¿Pero quién te ha dicho que era una fiesta de disfraces? ¿Cómo se te ha ocurrido ponerte eso?"

Yo me puse muy rojo. Me puse como un tomate. Me dio mucha vergüenza. Me sentí ridículo.

Ella, Carmen, no paraba de reír. La señora mayor, la señora de unos 80 años, seguía allí, de pie, mirándome de arriba abajo y de abajo arriba. Ella no se reía. Ella me miraba muy seria, con los ojos abiertos como platos. Miraba la porra y luego me miraba a mí como si estuviera muy asustada.

En cambio, Carmen no paraba de reírse a carcajadas: ¡Ja, ja, ja! Y yo, claro, me puse aún más nervioso. ¡Me quería morir!

Al cabo de un rato, Carmen me dijo: "¡Anda, ven, que te voy a presentar a mis amigos!" Y volvió a echarse a reír: "¡Ja, ja, ja! **¡Vaya pinta que tienes**!"

Nos pusimos a caminar los tres por el pasillo, hacia el salón de la casa. Carmen iba delante y yo caminaba detrás de ella. A mí me dieron ganas de salir pitando de allí, de escapar, de echar a correr hacia la puerta y no volver a ver nunca más a Carmen, pero...

Pero la señora mayor de unos 80 años se había puesto detrás de mí y me cerraba la huida hacia la puerta. Tenía a Carmen delante y a la vieja detrás. Era imposible escapar. Estaba rodeado. Deseé con todas mis fuerzas que en aquel momento hubiera un terremoto y que me tragase la tierra.

Pasamos por delante de un espejo. Me miré de reojo y me vi reflejado. No debería haberlo hecho.

Me quedé hecho polvo al verme en el espejo. Me sentí aún peor que antes. Tuve pánico. Me dieron ganas de llorar. Estaba aterrorizado, me sentía idiota, ridículo, pero no podía hacer nada... No había manera de escapar de allí.

Total, que llegamos al salón. Allí estaban los amigos de Carmen. Eran unos diez o doce. La mayoría eran chicos jóvenes, pero también había un par de señoras mayores, de unos sesenta años.

Todos estaban vestidos de forma muy elegante y bebían champán. Las mujeres llevaban vestidos largos negros, rojos o de color plata. Los hombres iban de traje. ¡Algunos incluso llevaban esmoquin!

Era una fiesta de gente muy elegante. Yo nunca había estado en una fiesta en la que la gente llevara ropa tan distinguida.

¡Y allí estaba yo, en medio de todos, vestido de cavernícola! Ya no me sentía como Sandokán. Ahora me sentía más bien como **Pedro Picapiedra**.

¡Qué ridículo! ¡Qué vergüenza! Me dio muchísima vergüenza. Nunca he pasado tanta vergüenza en mi vida.

En cuanto entramos en el salón todos se callaron, dejaron de hablar y se volvieron hacia nosotros. Se quedaron de piedra. Nadie dijo nada, pero todos me miraban con los ojos grandes, enormes, abiertos como platos.

Yo creo que algunos me miraban como si estuvieran pensando "¿Y este gilipollas? ¿Quién es? ¿De dónde sale?"

Para romper un poco el hielo, Carmen les explicó quién era yo. Me di cuenta de que tenía que morderse la lengua y de que intentaba no mirarme directamente para no echarse a reír mientras hablaba. La tía **se estaba partiendo el culo** conmigo, pero no quería humillarme completamente.

Total, que Carmen les contó a sus amigos que me había conocido en la tienda de ropa donde había trabajado durante las rebajas de enero. Y luego les explicó, entre risas, la confusión que yo había tenido al pensar que se trataba de una fiesta de disfraces y tal.

La pobre hizo lo mejor que pudo para subrayar el lado cómico de la situación y que yo no me sintiera como un auténtico gilipollas.

Los amigos de Carmen sonrieron forzadamente, me saludaron educadamente, me miraron de arriba abajo y no me volvieron a dirigir la palabra en toda la noche.

Me quité la cinta de la cabeza y traté de esconder la porra detrás del sofá, pero aún así supongo que les parecí un idiota de campeonato, un imbécil, un fracasado. Peor aún: un perdedor.

¡Y yo que había hecho tanto esfuerzo por caerles bien! Todo salió mal.

Me senté en un sofá que había en la esquina del salón y me pasé allí toda la tarde, bebiendo solo y sintiéndome cada vez más estúpido.

De vez en cuando Carmen se acercaba a mí y me preguntaba si estaba bien; me ofrecía algo de beber y luego volvía a irse. Se estaba divirtiendo mucho. Bailaba, hablaba con sus amigos, se reía… Nunca antes ella me había parecido tan joven ni yo me había sentido tan viejo.

De vez en cuando me miraba y decía: "¡Qué pinta! ¡Qué pinta tienes!" y volvía a echarse a reír. ¡Ja, ja, ja!

El resto de la gente en la fiesta me ignoraba. Durante todo el tiempo que estuve allí ninguno se acercó hacia mí ni me dijo nada, pero yo no soy tonto: me daba cuenta perfectamente de que me miraban de reojo, que **cuchicheaban** entre sí y que de vez en cuando soltaban alguna risita. Aunque no mirasen abiertamente hacia donde estaba yo, era obvio que me estaban tomaban el pelo, que se burlaban de mí.

En fin, que fue el peor día de mi vida. Peor incluso que el día que tuve que ir a las urgencias del hospital por una crisis aguda de hemorroides y acabé en un documental de la BBC sobre enfermedades embarazosas. Pero esa es otra historia que ahora no viene a cuento.

El caso es que yo había hecho un esfuerzo enorme por caerles bien a los amigos de Carmen y al final todos mis esfuerzos habían sido en vano, no habían servido para nada.

Cuatro interminables horas después, por fin se acabó la fiesta. Al llegar a casa estaba hecho polvo. Estaba muy avergonzado por todo lo que había pasado. Había querido caerles bien a los amigos de Carmen y solo había hecho el ridículo.

Pero eso no era lo peor. Al fin y al cabo, ¿qué me importaba a mí la opinión de los amigos de Carmen? Lo que me preocupaba era la opinión de Carmen. Estaba seguro de que ahora no querría volver a verme. Seguramente pensaba que yo era un idiota.

Por eso me sorprendí tanto cuando al día siguiente me mandó un wasap preguntándome si quería quedar para San Valentín.

Como te puedes imaginar, querido lector, yo me quedé de piedra. No me lo esperaba ¿Carmen quería volver a verme? ¿Carmen quería quedar conmigo otra vez? ¿Carmen quería cenar conmigo el día de los enamorados?

Primero me puse supercontento. ¡Tenía una nueva oportunidad con Carmen! ¡No todo estaba perdido! Sin embargo, luego me puse supernervioso porque la verdad es que yo no estoy acostumbrado a quedar con chicas, sobre todo con chicas tan jóvenes y tan guapas como Carmen, y no podía permitirme el lujo de **meter la pata** otra vez.

Tenía que planearlo todo muy bien para que la cena de San Valentín con Carmen fuera un éxito.

Vocabulario 2

Nada más colgar el teléfono: en cuanto colgué el teléfono, tan pronto como colgué el teléfono, etc.

Al aire: al descubierto, que se puede ver.

Me molaba un montón: me gustaba mucho.

Sandokán: famoso personaje protagonista de una historia de aventuras escrita por Emilio Salgari.

Tiritando de frío: temblando a causa del frío.

No veía la hora de llegar a la fiesta: tenía muchas ganas de llegar a la fiesta.

¡Vaya pinta que tienes! La palabra "pinta" se refiere al aspecto físico de algo o de alguien.

Pedro Picapiedra: personaje protagonista de la serie de dibujos animados Los Picapiedra (en inglés: *Fred Flintstone*).

Se estaba partiendo el culo: estaba riéndose mucho; la situación le parecía muy divertida.

Cuchicheaban: hablaban en voz baja.

Meter la pata: hacer o decir algo inapropiado.

Marzo

No me lo esperaba, la verdad. No me esperaba que Carmen me invitara a cenar el día de los enamorados, después del ridículo tan espantoso que yo había hecho en la fiesta de sus amigos.

No quiero ni recordarlo. Vestido de hombre primitivo, con una venda en la cabeza y una porra en la mano, en medio de toda aquella gente elegante. ¡Qué horror! ¡Qué vergüenza! ¡Qué vergüenza pasé aquella noche!

Después de aquel ridículo tan espantoso estaba seguro de que Carmen no querría saber nada más de mí. Seguramente pensaba, y con razón, que yo era imbécil. Por eso me quedé tan sorprendido cuando unos días después me llamó por teléfono para quedar conmigo el Día de San Valentín.

Yo, por supuesto, le dije que sí inmediatamente. No podía dejar pasar la oportunidad de salir con una chica tan joven y tan guapa como Carmen.

Mientras hablaba con ella por teléfono, sonreía pensando en la cara que pondría Carlos cuando le dijera que había ligado con una chica joven, guapa, inteligente, alegre, simpática... Se moriría de envidia.

Estaba seguro de que Carlos se moriría de envidia en cuanto supiera que tenía una cita el día de los enamorados.

No hay nada que me dé tanto placer como dar envidia. Me encanta dar envidia tanto a mis amigos, como a mis enemigos; tanto a la gente que me conoce, como a la gente que no tiene ni idea de quién soy.

Dice Marta que eso es un síntoma de que le doy demasiada importancia a la opinión de la gente. No sé, supongo que tiene razón, pero me da igual.

A mí me encanta ver la cara de envidia que pone la gente cuando se enteran de que me van bien las cosas y no pienso renunciar a ese placer.

Lo primero que hice tan pronto como terminé de hablar con Carmen fue llamar por teléfono a Carlos para decírselo. El tío se quedó de piedra, claro. No se esperaba que yo le pudiese gustar a una chica tan joven y tan guapa como Carmen.

Me imaginé su cara al otro lado del teléfono. Se estaba muriendo de envidia, seguro. Me deseó mucha suerte y me dijo que se alegraba por mí, pero en su voz yo noté que en aquel momento me odiaba con toda su alma. Y eso me hizo muy feliz.

Carmen y yo quedamos para ir a cenar a un restaurante muy chulo que ella conocía. Me dijo que era un restaurante pequeñito donde podríamos estar tranquilos y charlar **a nuestras anchas** sin que nadie nos molestase.

Carmen tenía razón. El restaurante estaba muy bien. Pequeñito, pero muy acogedor. Para darle un toque romántico a la noche, habían puesto corazones rojos por las paredes; del techo colgaban globos rojos con el dibujo de Cupido tirando flechas; en cada mesa había velitas rojas, una rosa roja y servilletas rojas con corazones rojos atravesados por flechas rojas.

Todo era rojo y un poco **hortera**, la verdad. Sí, ahora que lo pienso, era una decoración un poco hortera. Habían querido darle un toque romántico al restaurante, pero se habían pasado un poco con el rojo y resultaba todo un poco hortera.

Pero, bueno, al fin y al cabo era San Valentín, y San Valentín es una fiesta hortera. Además, es solo una vez al año. Podemos permitirnos ser horteras al menos una vez al año, ¿no? No pasa nada.

Total, que Carmen y yo llegamos al restaurante. Yo quería dar una buena impresión, pero como soy muy inseguro tenía mucho miedo de meter la pata, de hacer o de decir algo inapropiado.

No sé si ya te has dado cuenta, querido lector, pero yo soy un hombre muy inseguro, especialmente con las mujeres. Nunca estoy seguro de qué debo hacer, de qué tengo que ponerme, de qué tengo que decir… Nunca sé cómo comportarme.

Dice Marta, mi amiga Marta, que esa timidez, que esa inseguridad, es parte de mi encanto. Que a muchas mujeres les encantan los hombres inseguros, tímidos. Que ese tipo de hombres despierta en ellas su instinto protector y maternal.

No sé, no estoy seguro de que Marta tenga razón en eso. Se equivoca si piensa que lo que yo busco en una mujer es una madre que me proteja y que me mime. Pero esa es otra historia que ahora no viene a cuento. Ya hablaremos otro día de eso.

La cena transcurría con normalidad. La comida era excelente. Aparte de que el restaurante era muy chulo y muy acogedor, se comía muy bien. Pedimos vino, un buen vino italiano. No puedes beber agua del grifo en la cena de San Valentín, ¿no? Y también pedimos champán. En San Valentín hay que brindar con champán francés. Es normal.

Bueno, en fin, comimos y bebimos muy bien y durante la cena hablamos de nosotros porque la verdad es que apenas nos conocíamos.

Carmen me contó un poco de su vida, de su familia, de su trabajo, de sus sueños… En realidad fue ella la que habló durante casi toda la cena. A mí nunca me ha gustado hablar mucho sobre mí mismo. De vez en cuando yo la interrumpía para hacer algún comentario gracioso, para decir algo divertido.

Marta, mi amiga Marta, me había dicho que como no soy ni guapo ni joven ni tampoco tengo un buen cuerpo, ni destaco por mi inteligencia, pues que, para compensar, es importante que haga un esfuerzo por ser divertido, por parecer gracioso.

Dice que esa es la única posibilidad que tengo con las mujeres: hacerlas reír y que se olviden de mi aspecto físico y de los años que tengo.

Y eso fue lo que intenté hacer toda la noche con Carmen: decir tonterías y bromear para que se riera y se divirtiera conmigo.

Y estaba funcionando, ¿eh? Sí, estaba funcionando. Carmen se reía mucho con las bromas que yo hacía y con los chistes que le contaba. Y yo también me reía. Nos reíamos los dos.

Y ese fue el problema. Ella dijo algo divertido que me pareció muy gracioso. Yo me eché a reír mientras estaba bebiendo vino y ¡plaff! le eché encima todo el vino que tenía en la boca en ese momento.

Fue terrible. Fue una situación muy embarazosa. Le escupí el vino en la cara, en el pelo, en las manos, en los brazos y en el vestido. Ella se había puesto un vestido blanco, sencillo, pero elegante, y muy bonito. Le quedaba muy bien. Y yo, como un imbécil, le eché el vino encima y se lo manché.

¡Qué horror!

Me sentí fatal. En aquel momento me quise morir. Quería que la tierra me tragase. Fue muy embarazoso. Me puse rojo como un tomate. No sabía qué decir; no sabía qué hacer.

Sin embargo, para mi sorpresa, Carmen se lo tomó muy bien. Se echó a reír. Se miró las manos, los brazos, el pelo, el vestido... Se vio las manchas de vino y se echó a reír ella también.

Viéndome tan agobiado, me dijo: "¡Bah, no te preocupes, no pasa nada, ya lo lavaré".

Yo me sentía fatal. Le dije: "¡Perdona, perdona, lo siento mucho, lo siento mucho, no me he dado cuenta, ha sido sin querer!".

Y ella me contestó: "¡Que no te preocupes, hombre, que no pasa nada, que no tiene ninguna importancia! Es solo un poco de vino. ¡Vamos a brindar por nosotros!".

Total, que la tía se lo tomó muy bien. Cualquier otra persona se habría cabreado muchísimo y me habría mandado a la mierda, pero Carmen era diferente. Ella no se iba a dejar arruinar la cena de San Valentín por un poco de vino en el vestido.

Cuando insistí en pagarle la factura de la tintorería, me dijo: "¡No te preocupes más por el vestido! ¡No tiene ninguna importancia! ¡La vida es demasiado corta para preocuparse por tonterías! ¡Brindemos por nosotros!"

Me dio la impresión de que nada que yo hiciera la podía enfadar; parecía dispuesta a perdonarme cualquier metedura de pata de las mías. Al final, los dos acabamos riéndonos de lo que había pasado.

Luego pedimos otra botella de vino. Carmen insistió en pedir otra botella de vino. Era un vino italiano que estaba muy bien.

Yo nunca había bebido un vino tan bueno. Terminamos la cena con champán francés. Un champán francés también muy bueno, el mejor champán que yo he bebido en toda mi vida.

Yo pensaba que Carmen era fantástica. Me parecía increíble que una chica mucho más joven que yo se hubiera fijado en mí. Al fin y al cabo, yo ni soy joven ni guapo. Tampoco soy muy inteligente, como queda demostrado por mis continuas meteduras de pata.

No podía creer mi suerte. Me parecía increíble que una chica tan guapa, tan joven y tan inteligente como Carmen quisiera cenar conmigo en San Valentín.

Intentaba parecer tranquilo, **hacer como si nada**, pero por dentro era un manojo de nervios. Estaba muy nervioso. No sabía muy bien qué decir, ni cómo comportarme.

Sin embargo, como veía que ella se reía, que no le daba ninguna importancia a lo del vino y que no se había cabreado conmigo, poco a poco me fui tranquilizando. Al cabo de un rato empecé a sentirme mejor y a estar más relajado.

No me duró mucho la tranquilidad. Después de terminar el postre, llamé al camarero y le pedí la cuenta. Este era el momento que más me preocupaba. No por el dinero, ¿eh? Yo ya sabía que la cena sería muy cara.

Lo sabía, pero eso no me importaba. Yo no soy tacaño. A mí no me importa gastar dinero en un buen vino o en un champán francés. De vez en cuando, claro, no todos los días; pero de vez en cuando sí, ¿por qué no?

El problema era que yo no sabía muy bien qué hacer. ¿Tenía que pagar yo? ¿Tenía que dejar que pagase ella? ¿Era mejor pagar a escote?

Yo soy un hombre clásico, tradicional. A mí me han educado en la idea de que el hombre tiene que ser un caballero y, por ejemplo, en una situación así, es su deber pagar la cuenta.

Yo siempre he sido así. Siempre que he salido con una mujer, he pagado todo yo: la cena, el taxi, una copa en un bar…

Y no solo eso. Yo además soy de esos que abren la puerta a las mujeres y las deja pasar delante; cedo mi asiento a las señoras en el autobús, me levanto de la mesa cuando llega una mujer…

Yo siempre he sido así. Un caballero. Es como me han educado. Sin embargo, los tiempos han cambiado y yo ahora ya no estoy tan seguro de que esta sea la mejor manera de comportarse con las mujeres, sobre todo con las más jóvenes. No sé, no estoy seguro.

Total, que yo no sabía muy bien qué hacer a la hora de pagar la cuenta de la cena. No sabía qué esperaba Carmen de mí. Yo estaba dispuesto a sacar la cartera del bolsillo, pero ¿y si se sentía insultada? ¿Y si pensaba que yo era un machista?

Yo no quería ofenderla. Al fin y al cabo ella era una mujer bastante más joven que yo y quizás tenía una mentalidad más moderna y menos tradicional que la mía.

Pero no estaba seguro…

Carlos me lo había explicado muy claramente: "Una mujer, por muy joven y moderna que sea, es siempre una mujer y espera que el hombre pague la cuenta de la cena, por lo menos la primera vez que salen juntos. No la dejes pagar a ella. Nunca".

En fin, que pedí la cuenta sin saber muy bien qué iba a hacer. El camarero la trajo y la dejó sobre la mesa. Yo, disimuladamente, le di la vuelta al papel y la leí.

¡Qué horror! ¡Era carísima!

Era mucho más cara de lo que yo había pensado. El vino italiano costaba un ojo de la cara. Yo nunca había bebido un vino tan caro. ¡Y habíamos pedido dos botellas! ¡Dos botellas!

Y luego el champán. El champán era aún más caro que el vino. Total, que yo me quedé horrorizado. Traté de no ponerme nervioso. Quería mantener la calma, pero la verdad es que empecé a sudar. Sentía las gotas de sudor que me resbalaban por la frente, por la cara, por la espalda…

Llamé al camarero otra vez. Pensé que quizás había un error en la cuenta. Cuando se acercó, le dije: "¡Perdone, pero creo que aquí hay un error. No es posible que la cuenta sea tan cara. ¡No hemos comido tanto!"

Sin decir nada, el camarero se dio media vuelta y unos minutos después volvió con un menú. Con la carta en la mano **me fue detallando todos los precios** de lo que habíamos tomado. Fue entonces cuando me di cuenta de que Carmen había pedido el vino y el champán más caros del restaurante.

¡Y había pedido dos botellas! ¡No una, sino dos!

Yo estaba intentando mantener la calma, pero me estaba poniendo cada vez más nervioso. Sentía las gotas de sudor resbalándome por la frente, por la cara, por la espalda...

Entonces me di cuenta de que, además, el segundo plato que Carmen había pedido era también muy caro: un pescado japonés rarísimo cocinado de una manera muy especial, que seguramente debía de estar buenísimo. Yo no lo había probado, pero estaba seguro de que era un pescado excelente porque era carísimo. Era el plato más caro que había en la carta.

Mientras el camarero me explicaba el precio de cada uno de los platos y de las bebidas que habíamos tomado, yo me iba enfureciendo cada vez más. Me estaba cabreando mucho. Me parecía que Carmen me había tomado el pelo. Tuve la impresión de que **había querido aprovecharse de mí.**

Entonces lo vi todo muy claro. ¿Por qué había salido conmigo? ¿Qué hacía una chica tan guapa y tan joven, mucho más joven que yo, cenando en San Valentín conmigo, que ni soy guapo, ni joven, ni tengo un buen cuerpo, ni soy demasiado inteligente...?

¿Por qué se reía tanto de mis bromas y de mis chistes? Al fin y al cabo los chistes que yo cuento son muy malos y no tienen ninguna gracia. ¿Por qué le parecía tan gracioso y tan divertido todo lo que yo decía? ¿Por qué no se había enfadado conmigo ni siquiera cuando le escupí el vino encima y le manché el vestido blanco que llevaba? ¿Por qué me perdonaba todas las meteduras de pata?

Entonces me di cuenta de todo. Lo único que quería Carmen era que yo le pagase la cena. **¡Quería darme un sablazo!** Por eso había pedido dos botellas del vino más caro; por eso había ordenado champán francés y por eso **se había zampado** el plato más caro que había en la carta.

Yo soy muy tímido y muy inseguro, pero cuando me enfado, cuando me cabreo, puedo ser terrible. No me gusta que me tomen el pelo. A mí no me gusta que nadie me tome el pelo.

¡A mí nadie me toma por tonto! ¡No señor!

Me estaba cabreando mucho. Quería mantener la calma, pero me estaba cabreando mucho con Carmen, con el camarero, con el restaurante y con San Valentín.

¡Maldita sea la hora en la que se me había ocurrido dejar que ella eligiese el restaurante!

De repente, Carmen, que estaba callada, que había estado observando la escena en silencio, cogió el bolso, lo abrió y sacó su tarjeta de crédito diciendo: "No te preocupes, Juan, te invito yo. ¡Pago yo la cena!"

Entonces, me dije: "¡Ah, Carmen es una mujer moderna! Ella no espera que el hombre pague siempre la cuenta en un restaurante. Carlos estaba equivocado. Es un **malpensado**."

Me sentí aliviado. Pensé en decirle que podíamos pagar "a escote", o sea, que cada uno pagara lo suyo, lo que cada uno hubiera consumido.

Pero al final no dije nada, no sé por qué… Quizás debería haberme ofrecido a pagar al menos la mitad de la cuenta, al menos mi parte.

No sabía qué hacer, no sabía qué decir. No sabía si era mejor dejar que ella pagase todo o que cada uno pagase lo suyo, lo que cada uno había consumido.

Dudaba, no sabía qué hacer y, al final, como yo no decía nada, el camarero cogió la tarjeta de crédito de Carmen y se cobró toda la cuenta.

Yo, por un lado me sentía mal porque, como he dicho antes, a mí me han educado en la idea de que el hombre tiene que ser un caballero y tiene que tratar a la mujer con galantería, ¿no?

Sin embargo, por otro lado, los tiempos cambian y, claro, ya no estoy muy seguro de qué es lo que hay que hacer ahora en estas circunstancias; ya no sé qué es lo que las mujeres esperan de uno, especialmente una mujer joven y moderna como Carmen.

Total, que pagamos (bueno, mejor dicho, Carmen pagó) y salimos del restaurante.

Ya fuera, ella me dijo que le dolía mucho la cabeza y que tenía ganas de irse a su casa a dormir. Me pareció normal. Con todo el vino que se había bebido era normal que le doliese la cabeza.

Nos despedimos. Ella cogió un taxi y yo volví a casa en autobús. Fue una despedida un poco fría. No era el final que yo había imaginado.

La llamé al día siguiente para ver cómo estaba y me dijo que tenía resaca. Me pareció normal. Con todo el alcohol que habíamos bebido era normal que tuviera resaca. A mí también me dolía un poco la cabeza. Le dije que se mejorase y que ya la llamaría.

La volví a llamar el 8 de marzo, el Día de la Mujer. Quería felicitarla. No sé, como no habíamos vuelto a hablar desde la cena de San Valentín, me pareció una buena excusa para volver a hablar con ella. Me contestó que estaba muy ocupada, que tenía mucho trabajo.

La volví a llamar unos días más tarde, pero me dijo que tenía que irse a casa de su familia, en Valencia, porque quería pasar con ellos el Día del Padre, el 19 de marzo y, además, de paso, ver las Fallas, que es una fiesta que le gusta mucho.

Yo esperaba que me invitase a ir con ella a Valencia, a ver las Fallas. De hecho, **le lancé una indirecta**. Le dije: "¿Las Fallas? ¡Yo no las he visto nunca! ¡Me encantaría verlas!"

Pero creo que ella **no pilló mi indirecta**. Me contestó: "Sí, es una fiesta espectacular. Deberías ir alguna vez a Valencia para verlas. Vale la pena". Pero nada más. No me dijo nada más. No me invitó a ir con ella, como yo esperaba.

Luego le lancé otra indirecta: "¡Me encantaría comer paella en Valencia. Seguro que en Valencia hacen una paella buenísima!". Me contestó que sí, que en Valencia la paella también es espectacular. Pero nada más. No me dijo nada más.

Yo esperaba que me dijera que podía ir con ella a Valencia, que podía quedarme en casa de su familia. Eso habría estado muy bien porque me habría ahorrado el dinero del hotel. Ir a Valencia durante la semana de las Fallas debe de ser carísimo y, oye, si me hubiera podido quedar en casa de la familia de Carmen, pues, mejor, ¿no? Me podría haber ahorrado un montón de pasta. Pero no, no me dijo nada. Me dijo que ya me llamaría cuando volviera de Valencia.

Sin embargo, todavía no me ha llamado. Ya han pasado varias semanas desde que terminaron las Fallas y todavía estoy esperando a que me llame. No sé, supongo que seguirá muy ocupada.

Como no me llamaba, la he llamado yo varias veces, pero nunca contesta. No sé qué le pasa. La verdad es que la he llamado muchas veces. De hecho, la llamo todos los días, pero nunca coge el teléfono.

La última vez que hablé con ella, unos días antes de que se fuera a Valencia, la noté un poco seria. No se reía con mis bromas. Intenté decir algo divertido, contarle algún chiste gracioso, pero no se echó a reír como otras veces. Espero que no esté enfadada conmigo.

La verdad es que Carmen es una chica muy simpática. Me cae muy bien y no sé, quizás, quizás me esté enamorando de ella porque **la echo un poco de menos**. Sí, la echo de menos.

Me pregunto por qué estaría tan seria la última vez que hablé con ella por teléfono.

Espero que no esté enfadada conmigo por lo de la cena.

Voy a seguir llamándola. Me gustaría volver a verla.

Vocabulario 3

A nuestras anchas: hacer algo "a tus anchas" es hacer algo de forma muy cómoda, sin preocupaciones, con tranquilidad.

Hortera: de mal gusto, vulgar, llamativo, extravagante.

Hacer como si nada: fingir que no hay ningún problema, que todo está bien.

Me fue detallando todos los precios: me fue explicando en detalle todos los precios.

Había querido aprovecharse de mí: La expresión "aprovecharse de alguien" quiere decir abusar de una persona, usarla o engañarla con la intención de conseguir algún beneficio.

Quería darme un sablazo: "dar un sablazo" es obtener mucho dinero de alguien (normalmente con la intención de no devolverlo).

Se había zampado: el verbo "zampar" quiere decir comer algo en exceso (en gran cantidad) y muy deprisa, de forma apresurada.

Malpensado: que suele interpretar de forma negativa las acciones, las intenciones o las palabras de otras personas.

Me sentí aliviado: me sentí mejor, más tranquilo, porque la preocupación o el problema que tenía ha desaparecido.

Le lancé una indirecta: "Lanzar una indirecta" consiste en insinuar o sugerir algo de forma sutil, sin expresarlo de modo explícito.

No pilló mi indirecta: no entendió la indirecta que yo le había lanzado.

La echo un poco de menos: "Echar de menos" quiere decir añorar, tener nostalgia de algo o de alguien; recordar con pena a alguien (o algo) ausente.

Abril

Creo que Carmen se enfadó mucho conmigo por lo de la cena de San Valentín. Supongo que te acuerdas, ¿no, querido lector? Habíamos ido a cenar a un restaurante muy caro y a la hora de pagar, yo…

En fin, que me puse un poco nervioso porque la cuenta era carísima y al final… ¡Al final pagó ella!

Sí, Carmen pagó la cuenta de la cena de San Valentín.

¡Qué vergüenza!

Ahora me da vergüenza decirlo, pero así fue, tengo que admitirlo: dejé que Carmen pagase la cuenta de la cena de San Valentín.

¡Menudo error! ¡Qué vergüenza! ¡No quiero ni recordarlo!

Ahora me doy cuenta de que fue un tremendo error. Un error imperdonable.

Me cuesta admitirlo, pero tengo que reconocer que aquella noche me comporté como un auténtico gilipollas.

Desde entonces no he vuelto a verla. La he llamado muchas veces, pero no contesta, no responde nunca al teléfono… ¡En fin!

Total, que yo, claro, como Carmen no quería hablar conmigo, pues me puse muy triste. Normal, ¿no? Me quedé varios días en casa encerrado, sin salir ni siquiera para hacer la compra en el supermercado.

No me apetecía hacer nada. No tenía ganas de hacer nada ni de ver a nadie. Me sentía un poco depre. Ni siquiera tenía ganas de ver a mis amigos de siempre, a Carlos y a Marta.

Me echaba en el sofá y me pasaba horas y horas allí, sin hacer nada, viendo cualquier chorrada en la tele.

Luego, **cuando me hartaba de ver la tele** me levantaba y me asomaba a la ventana. Allí me quedaba otro buen rato, con la mirada perdida en el horizonte y suspirando de vez en cuando...

¡Ay! ¡Ay! ¡Ay!

Por la noche me sentía aún peor porque no podía dormir. Entonces me levantaba de la cama, iba al salón y me ponía a escuchar *Ne me quitte pas*, de Jacques Brel. Una canción tristísima, lo sé, pero era la única canción que podía escuchar en esos momentos de tanto dolor. La escuchaba diez o doce veces seguidas y al final me sentía tan triste como Jacques Brel, tan desesperado y tan atormentado como él.

Cuando llegaba el amanecer me sentía casi suicida, con la mirada perdida y suspirando de vez en cuando...

¡Ay! ¡Ay! ¡Ay!

Un día vino Carlos a mi casa. Como ya no salía con él; como nunca quería quedar para salir, se preocupó un poco, claro.

Cuando vino a mi casa me encontró así: solo, triste, depre, mirando por la ventana, con la mirada perdida en el horizonte, suspirando…

¡Ay! ¡Ay! ¡Ay!

Me dijo: "Tío, tío, ¿pero qué haces? ¿Qué haces aquí tan solo? ¡Tío, tío! Tienes que salir, tienes que ver gente, tienes que hacer cosas… No te puedes quedar aquí encerrado en casa, escuchando esa música tan triste, mirando por la ventana y suspirando como un idiota… ¡Tío, tío!"

Yo le dije lo que me pasaba; que me había quedado muy mal por lo de Carmen, por lo que me había pasado con Carmen.

Y él me contestó: "**Deja de comerte el coco**, tío. Deja de comerte el coco. ¡Si el mundo está lleno de chicas fantásticas, si el mundo está lleno de mujeres maravillosas!"

Y yo le volví a decir que sí, que ya lo sabía, que ya sabía yo **más que de sobra** que el mundo estaba lleno de mujeres maravillosas; pero es que yo no podía dejar de pensar en Carmen.

Y entonces él me dijo: "¡Tío, tu problema es que te comes mucho el coco! ¡Le das demasiadas vueltas a la cabeza! Estás todo el día aquí, en casa, pensando en Carmen, suspirando…

¡Ay! ¡Ay! ¡Ay!

Y tenía razón. Carlos tenía razón. Yo me como mucho el coco. Le doy muchas vueltas a la cabeza. Me preocupo demasiado.

Bueno, total, que Carlos me dijo que no me preocupara, que él tenía la solución a todos mis problemas. Me dijo que conocía a una tía, **una guiri,** que haría que me olvidase de Carmen para siempre.

El tío ni siquiera sabía de dónde era. Me dijo que no recordaba si era alemana, americana, inglesa, sueca… "Es una guiri, una extranjera. Rubia." Eso fue lo único que me dijo.

Luego me contó que era una tía a la que le encantaba España, que quería aprender español y que estaba buscando un profesor particular que le diese clase. Me dijo que si yo quería le podía hablar de mí.

Yo no lo pensé dos veces. Una tía extranjera, una guiri que quería aprender español y que estaba enamorada de España… Sonaba bien. Parecía una buena idea.

Carlos tenía razón. Conocer a otra tía podía ser **lo que me hacía falta** para dejar de pensar en Carmen y no comerme más el coco con ella. Ya lo dice el refrán: "Un clavo saca a otro clavo".

Yo, por supuesto, soy muy profesional y nunca mantengo relaciones sentimentales con mis estudiantes. No sería ni ético ni profesional. Pero, oye, por otro lado, quién sabe, ¿no? Podríamos empezar a dar clase de español y, bueno, quién sabe, tal vez una cosa podría llevar a la otra… Poco a poco, quién sabe, ¿no? Poco a poco podríamos hacernos amigos y bueno, no sé…

Oye, al fin y al cabo somos dos personas adultas. ¿Qué problema hay en que dos personas adultas que se gustan, que se atraen…? ¿Qué problema hay en que dos adultos empiecen a salir juntos y tengan una relación sentimental? No me parecía que fuese un gran problema.

Yo tengo mucha imaginación, ¿eh? Desde el momento en que Carlos me habló de la guiri dejé de comerme el coco con Carmen y empecé a comerme el coco con Caroline.

Caroline, por cierto, es como se llamaba la guiri que me quería presentar Carlos. A partir de este momento la llamaré por su nombre: Caroline. Está feo que la llame guiri todo el tiempo.

Todavía no la había conocido, todavía Carlos no le había hablado de mí y ya me imaginaba yo dándole clase de español:

-Hola, yo me llamo Juan y tú, ¿cómo te llamas?
-Yo me llamo Caroline.
- Caroline es un nombre muy bonito. Me gusta tu nombre, Caroline.
-Gracias, a mí también me gusta tu nombre: Guan.

-No se dice "Guan", se dice Juan. Tienes que pronunciar la J, así, con la garganta: ¡JJJJJJJJJ!

Y después de enseñarle a pronunciar la J, le enseñaría a decir me gusta: "Me gustas tú".

Luego le enseñaría los colores, la ropa, las partes del cuerpo…

Estaba pensando en alguna actividad interesante para enseñarle las partes del cuerpo a Caroline cuando la voz de Carlos me hizo volver a la realidad.

"¡Tío, tío!"

Carlos estaba todavía allí, aún no se había ido. Yo me había olvidado de él; me había puesto a pensar en Caroline y me había olvidado de él por completo.

"¡Tío, tío! ¡Estás en las nubes! ¡Despierta, que todavía no te la he presentado!"

Y tenía razón. Estaba en las nubes. Todavía no me la había presentado y ya estaba yo soñando despierto y haciéndome ilusiones.

Total, que quedamos en que él le hablaría de mí y que ya me llamaría para decirme algo.

Y, efectivamente, Carlos me llamó al día siguiente. Me dijo que sí, que había hablado con la guiri, con Caroline; que le había hablado de mí y que la tía le había dicho que estaba interesada en mis clases de español y que quería conocerme.

Quedamos en que Carlos y ella vendrían a mi casa unos días después. Yo, claro, me puse muy contento.

Pero luego, Carlos me dijo algo que me puso nervioso. Me dijo que Caroline era una guiri total. Que había estado varias semanas viviendo en Sevilla, que había visto las procesiones de la Semana Santa y que a pesar de que no era muy religiosa, le habían encantado.

Que luego había ido a la Feria de Sevilla y que había aprendido a bailar flamenco; que le encantaba ir de tapas, acostarse tarde por la noche, cenar **a las tantas**, echarse la siesta, hablar en voz alta y escupir los huesos de las aceitunas en el suelo.

En fin, que se había enamorado de España y del estilo de vida español; que quería vivir en Sevilla; que le encantaba el carácter de la gente de Andalucía, siempre alegres, muy graciosos y a menudo con ganas de juerga. También le gustaba el acento andaluz y el modo de hablar de los andaluces.

Por lo que parece, en cuanto Carlos le dijo a Caroline que yo era de Granada, la tía se puso supercontenta y dijo que quería conocerme; que le encantaban los hombres del sur de España, que le encantaría aprender español con un profe de Andalucía: un hombre apasionado, de piel morena, guapo, romántico, valiente, fuerte, alegre, divertido...

Carlos tenía razón: la tía, Caroline, era una guiri total. Se imaginaba que todos los españoles somos como Antonio Banderas.

Pero luego Carlos me dijo: "Hay un problema".

"¿Qué problema hay?" le pregunté yo.

"El problema eres tú", me dijo él.

¿Yo era el problema? ¿Por qué? No entendía qué quería decir.

Carlos, que nunca ha sido muy diplomático, me puso una mano en el hombro y me dijo muy seriamente, mirándome a los ojos: "El problema es que tú no eres así. Tú no pareces andaluz, tío. No tienes acento andaluz. Tampoco eres gracioso, ni guapo, ni alegre, ni romántico, ni tienes la piel morena de los andaluces… Perdona, tío, pero, ¿qué quieres que te diga? Eres andaluz, pero no lo pareces. Tú no eres gracioso ni alegre, como son los andaluces. No cuentas chistes, por ejemplo. Eres un poco mustio, tío. Es normal que las tías se aburran contigo, joder!".

Eso fue lo que me dijo mi amigo Carlos. Me dijo que yo era un mustio, es decir, una persona aburrida. Me dijo que, según él, yo era un tío muy soso, sin gracia y que las tías se aburrían conmigo. Que no parecía andaluz, vamos.

Esa es la idea que tiene la gente de los andaluces, ¿no? Que somos muy graciosos, que contamos chistes, que somos muy alegres y que siempre estamos de fiesta; pero yo no soy así para nada. Yo soy un tío muy serio, muy soso e incluso un poco triste. Un mustio. Un tristón. Al menos eso fue lo que me dijo Carlos.

"Hombre, es que no sabes bailar flamenco y ni siquiera tocas la guitarra ni nada. ¡Con eso lo digo todo!"

Y la verdad es que tenía razón. Tengo que reconocer que yo soy un poco mustio, la verdad. No parezco andaluz.

El problema es que llevo muchos años fuera de Andalucía. Yo vivo en Londres desde hace más de 20 años y, claro, he perdido el acento andaluz. Y no solo el acento. He perdido también la gracia, la alegría y el salero de los andaluces. Me he vuelto muy soso, muy aburrido, muy mustio...

Sí, Carlos tiene razón. Me he vuelto muy serio. No tengo gracia ninguna. Así no me extraña que las tías se aburran conmigo. Es normal.

Yo aquí en Londres conozco españoles. Conozco muchos españoles, pero no son de Andalucía. La mayoría de los españoles que conozco son de Asturias, de Zamora, de Cuenca, de Albacete... Y, claro, he cambiado. Me he vuelto un poco como ellos. Ahora no parezco andaluz; ahora parezco más bien de Albacete o de Zamora.

A mí la verdad es que me daba un poco igual parecer de Sevilla, de Albacete o de Zamora. El problema es que si me quería ligar a Caroline, la guiri que me iba a presentar Carlos, tenía que hablar con acento andaluz, ser alegre, contar chistes graciosos, aprender a bailar un poco de flamenco y, bueno, en fin, parecerme un poco más a la imagen que ella tenía de los españoles.

La tía, ya lo dije antes, estaba enamorada de esa idea del hombre español un poco macho, torero, flamenco, un poco chulo, muy valiente, pero a la vez alegre, fiestero, gracioso, divertido; estaba buscando un hombre muy sensual, de sangre caliente, que despertase en ella la lujuria y su deseos más carnales, pero que al mismo tiempo la hiciera reír con sus chistes y sus ocurrencias.

O sea, la tía quería un tío que fuese la mezcla de Humphrey Bogart, Antonio Banderas y Los Hermanos Marx. Y yo no era así. Yo no era así, para nada.

Entonces, ¿sabes qué hice, querido lector?

Me puse a ver vídeos en YouTube de gente de Andalucía, sobre todo de humoristas andaluces, y me aprendí de memoria unos cuantos chistes graciosos.

Luego me puse a imitar el acento de los andaluces. Por ejemplo, me comía las palabras y dejé de pronunciar las eses: decía "pa", en lugar de para; "to" en lugar de todo; "deo" en lugar de dedo; "ma o meno" en lugar de más o menos…

Como la gente dice que los andaluces somos perezosos, vagos, que no nos gusta nada currar, pues empecé a llegar tarde al trabajo y **me escaqueaba** siempre que podía.

Me echaba la siesta todos los días y salía por las noches de juerga; me acostaba tarde, me levantaba tarde y procuraba llegar con retraso a todas las citas.

¡Tenía que volver a mis raíces! ¡Tenía que volver a ser andaluz!

También me puse a bailar flamenco. Vi algunos vídeos en YouTube y en unos cuantos días aprendí a bailar sevillanas. No es que aprendiera muchísimo, pero, oye, por lo menos aprendí a mover las manos un poco, como los bailaores de flamenco.

Y decía todo el tiempo ¡Ole! ¡Ole! ¡Ole! A los guiris les gusta mucho esa palabra.

También empecé a decir otras palabras típicas de los andaluces: *quillo, qué hases, pisha, ozú qué arte, no vea, no vea tú…* O sea, que en cuatro días hice un curso intensivo de cómo volver a ser andaluz. No quería decepcionar a Caroline.

Cuando me llamaba por teléfono algún amigo de Albacete o de Zamora, simplemente no respondía. No quería "contaminarme" de su acento. Quería escuchar solo andaluz y hablar solo con andaluces.

Total, que al cabo de cuatro días, Carlos se presentó en mi casa con la guiri, con Caroline.

Yo estaba un poco nervioso, la verdad. En cuanto la vi, fui hacia ella dando zapatazos en el suelo como los flamencos, tocando las palmas y diciendo "¡Ole! ¡Ozú, qué arte! ¿Qué pasa, chiquilla? ¡Ole! ¡Ole! ¡Ole!"

La tía, Caroline, se quedó de piedra. Claro.

Además, yo había cambiado la decoración de la casa. Había puesto farolillos de colores, carteles de toros, una foto de una procesión de la Semana Santa de Sevilla... Era todo un poco hortera para mi gusto, pero, en fin, yo con tal de ligarme a la guiri estaba dispuesto a hacer cualquier cosa.

Además, había comprado un par de botellas de vino tinto y había hecho sangría.

Y aceitunas. También había comprado un montón de aceitunas y había escupido algunos huesos por el suelo. Carlos me había dicho que a Caroline le hacía gracia ver el suelo de los bares de España lleno de huesos de aceitunas.

¡Ah! También puse música flamenca de fondo (sevillanas), para crear ambiente de feria.

Más que en un piso, parecía que estábamos en una caseta de la Feria de Abril de Sevilla. De hecho, lo primero que hizo Carlos al entrar fue decirme al oído, en voz baja, para que Caroline no lo oyera: "¡Tío, te has pasado, joder, **te has pasado tres pueblos**!" Y se echó a reír.

La tía, Caroline, se quedó de piedra. Se quedó boquiabierta. Lo miraba todo con los ojos muy abiertos. Estaba flipando, la tía. No se lo esperaba. Yo me di cuenta de que Caroline no se esperaba aquello; no esperaba encontrarse un ambiente tan español en Londres.

Además, yo le hablaba con acento andaluz: *¡Ole! ¡Ole! ¡Ole! ¿Tú quiere aprendé españó, mi arma? Ozú qué arte, chiquilla; yo te enseño, yo te enseño españó y lo que quiera tú, chiquilla... ¡Ole! ¡Ole! ¡Ole!*

Creo que no me entendía porque la tía me miraba con los ojos muy abiertos, con los ojos abiertos como platos.

Carlos se fue y nos dejó solos. Ante de irse me guiñó un ojo y me dijo en voz baja, al oído: "Intenta darle una buena impresión, pero tampoco te pases, tío!"

"No te preocupes, no te preocupes. Lo tengo todo bajo control", le dije yo para tranquilizarlo, aunque en el fondo yo era un manojo de nervios. Ya he dicho antes que nunca sé cómo comportarme con las mujeres y que siempre meto la pata.

En fin, una vez a solas con la guiri me puse a contarle chistes, porque los andaluces contamos siempre chistes. Le dije: *Tia, tia, escusha, escusha, esto son do tío que van a comprar el pan y dice uno...*

Le conté tres o cuatro chistes que había aprendido en YouTube. Chistes muy graciosos de andaluces, pero la tía no se reía. Yo noté que la tía no se reía con nada de lo que yo le decía. De hecho, me di cuenta de que estaba cada vez más seria.

Entonces puse la música un poco más alta, a ver si así la tía se animaba un poco, a ver si se ponía más contenta, a ver si se alegraba un poco. Le puse Bamboleo, de los Gipsy Kings, Viva España, de Manolo Escobar y la Macarena, claro. A todos los guiris les gusta bailar la Macarena, ¿no? Pues no, Caroline seguía tan seria y tan tiesa como un sargento de la Guardia Civil.

Creo recordar que incluso a un cierto punto (no estoy muy seguro porque yo ya había bebido mucho y **estaba un poco piripi**) me quité la camisa y empecé a bailar flamenco por toda la casa, desnudo de cintura para arriba y gritando ¡Ole! ¡Ole! ¡Ole!

Yo quería que ella también bailase, pero **no había manera**. No sé si es que era una tía muy tímida… ¡Yo qué sé!

Total, que me pasé la tarde haciendo de andaluz, hablando en andaluz, bailando flamenco, escupiendo huesos de aceituna en el suelo, contando chistes y gritando ¡Ole! ¡Ole! ¡Ole! por toda la casa.

Pero nada, no había manera. La tía, Caroline, no se reía con nada. Me observaba por encima de las gafas sin decir nada, como si estuviera cabreada; como si estuviera pensando "¿Qué hago yo aquí? ¡Este tío **está como una cabra**!"

La tía estaba como de mala leche, ¿no? Sí, ahora que lo pienso, creo que me miraba con cara de mala leche. Yo intentaba ser gracioso, contar chistes, hablar en andaluz… Pero la tía me miraba muy seria, como si yo le cayera muy mal.

Yo, en cambio, me lo estaba pasando muy bien. Llevaba ya encima casi media botella de vino, dos vasos de sangría y tres cervezas. La verdad es que estaba piripi; me sentía muy feliz y tenía ganas de juerga.

Pero la tía, no. La tía se había sentado en el sofá y no se había movido de allí desde que llegó; solo bebía agua mineral sin gas y me miraba muy seria por encima de las gafas sin decir nada, con cara de mala leche, como si me quisiera asesinar con la mirada.

Yo me daba cuenta de que la tía no se lo estaba pasando nada bien, pero estaba tan bebido que la verdad es que me daba igual. Me importaba un pimiento todo. Yo me sentía muy bien; estaba muy contento e iba por toda la casa desnudo de cintura para arriba, bailando la Macarena y gritando continuamente ¡Ole! ¡Ole! ¡Ole!

De repente, Caroline se puso en pie y me pidió que la perdonase, pero que tenía que irse. Me dio un montón de excusas: que le dolía la cabeza, que había quedado con una amiga, que se había dejado el gas de la cocina abierto, que tenía que lavarse el pelo…

En fin, no recuerdo bien cuáles fueron sus palabras exactas, pero el caso es que me dijo que tenía que irse. Se levantó del sofá, puso la botella de agua en la mesa del salón y salió pitando. Se largó de mi casa como alma que lleva el diablo; se fue echando leches, como si tuviera miedo de mí.

De hecho, más que irse, yo tuve la sensación de que la tía "escapaba" de un peligro, que huía de una amenaza. ¿De qué escapaba? ¿De qué huía? Estaba claro que escapaba de mí. Yo le daba miedo.

Tal vez pensó que yo estaba como una cabra. Y lo peor es que seguramente tenía razón. Me había pasado tres pueblos en mi esfuerzo por parecer andaluz. Si yo hubiera estado en su lugar, probablemente también habría tenido miedo de estar a solas con un tipo como yo.

La escuché bajar deprisa las escaleras. En menos de un minuto la tía ya había llegado a la calle. Me asomé a la ventana y la vi alejándose deprisa por la acera. La tía **iba echando leches.**

Algunos días después me llamó Carlos por teléfono. Me dijo que Caroline ya no quería aprender español; que se había echado un novio de Suecia y que ahora quería aprender sueco.

Por lo visto, después de hablar conmigo se dio cuenta de que en realidad prefiere la cultura sueca, que es una cultura mucho más tranquila, más reposada, más intelectual y menos superficial que la española.

Por lo que parece, ahora la tía dice que España está muy bien para ir de vacaciones, pero que en realidad prefiere vivir en un país más serio, donde la gente trabaja, llega puntual a las citas y no sale todos los días de fiesta.

¡Qué injusta es la vida! Después de todo el esfuerzo que yo hice por volver a ser andaluz. ¡En solo 4 días! Solo para gustarle a ella… ¡En fin! ¡Así es la vida!

Total, que aquí estoy otra vez, solo, pensando en Carmen, comiéndome el coco, mirando por la ventana y suspirando…

¡Ay! ¡Ay! ¡Ay!

¡Cómo echo de menos a Carmen! ¡La echo tanto de menos!

Vocabulario 4

¡Menudo error!: ¡Qué gran error!

Cuando me hartaba de ver la tele: "estar harto de algo" quiere decir estar saturado, estar muy cansado de algo.

Deja de comerte el coco: "comerse el coco" (también comerse la cabeza, el tarro, etc) quiere decir pensar demasiado en algo, darle muchas vueltas a un problema.

Más que de sobra: cuando decimos "lo sé más que de sobra", queremos decir que lo sabemos muy bien, que lo sabemos perfectamente.

Guiri: un guiri es un turista extranjero.

Lo que me hacía falta: lo que yo necesitaba.

A las tantas: muy tarde.

Me escaqueaba: "escaquearse" es no cumplir con nuestros deberes y obligaciones en el trabajo.

Te has pasado tres pueblos: pasarse tres pueblos es hacer algo de forma excesiva, con exageración.

Estaba un poco piripi: "Estar piripi" es estar ligeramente ebrio, bebido.

No había manera: era imposible.

Está como una cabra: está loco.

Iba echando leches: iba muy deprisa.

Mayo

En lo que va de año ya me han rechazado dos mujeres: Carmen y Caroline. Un desastre.

Últimamente todo me sale mal. Y no solo en el terreno sentimental. En general, en la vida, **llevo una racha muy mala**. En el trabajo también. ¿Sabes lo que me ha pasado en el curro, querido lector? No te lo vas a creer.

Resulta que como yo estaba tan mal, como me había quedado tan hecho polvo con la historia de Carmen, pues no podía dormir bien por las noches. Me acostaba y enseguida empezaba a dar vueltas en la cama.

Me giraba para un lado, me giraba para el otro lado y así toda la noche. No pegaba ojo. No podía dejar de darle vueltas a la cabeza; no podía dejar de pensar en lo que había pasado, en todas mis meteduras de pata, primero con Carmen y luego con Caroline.

Es la historia de mi vida. Cuando estoy a solas con una mujer me pongo tan nervioso que siempre acabo metiendo la pata. Siempre termino por decir algo inconveniente o por hacer alguna chorrada, alguna tontería.

Supongo que a las mujeres debo parecerles un idiota. Y lo peor es que creo que tienen razón. A veces parezco idiota.

Aunque me duela decirlo, la verdad es que no puedo culpar a ninguna de las mujeres con las que he estado por largarse de mi vida, por abandonarme, por dejarme solo, por no querer saber nada de mí. Ellas tenían razón en irse, en **no querer cuentas** conmigo. De hecho, si yo fuera mujer seguramente tampoco saldría con un tipo como yo.

Total, que después de lo de Carmen me quedé tan hecho polvo que no podía pegar ojo por las noches. No conseguía dormirme hasta las tantas, hasta las cinco o las seis de la mañana por lo menos, y, claro, me levantaba también tarde.

Normal. Como me había quedado dormido tan tarde, pues luego, lógico, me despertaba tarde. Y, claro, me levantaba de la cama de un salto, sin tiempo de ducharme ni de afeitarme ni de desayunar. Tenía que salir de casa pitando, echando leches.

Yo empiezo a trabajar todos los días a las nueve de la mañana. Sé que no es demasiado temprano. Algunos de mis compañeros empiezan su jornada laboral a las ocho y media o incluso a las ocho de la mañana. Pero para mí, después de no haber conseguido dormirme hasta las tantas, las nueve de la mañana era demasiado temprano.

Y, bueno, lo que pasó fue que llegué tarde al trabajo varios días. Bastantes días, la verdad. No sé, a veces llegaba diez minutos tarde, a veces llegaba veinte minutos tarde… Un día llegué media hora tarde a clase, a las nueve y media, más o menos.

Un desastre, claro. Eso es muy poco profesional, ya lo sé. Yo soy profesor de español. Doy clase en la universidad. Un profesor de universidad como yo no puede llegar tarde a clase todos los días. Eso no es profesional. Ya lo sé, ya lo sé.

Pero es que estaba pasando una mala racha por lo de Carmen. Yo normalmente no llego tarde a clase, pero después de lo de Carmen...

Bueno, total, que llegaba tarde a clase y sin afeitar, sin desayunar, sin ni siquiera haberme duchado y con la camisa arrugada del día anterior porque, claro, yo estaba tan mal que no tenía ganas ni de lavar ni de planchar la ropa cuando volvía a casa por la tarde o el fin de semana.

Estaba tan hecho polvo que no me apetecía hacer nada. Solo mirar por la ventana y suspirar:

¡Ay! ¡Ay! ¡Ay!

Total, que sí, que llegaba tarde a clase casi todos los días con la camisa arrugada, sin afeitar, sin haberme duchado y con mucha hambre porque tampoco había tenido tiempo de desayunar.

Un desastre, vamos.

Los chicos, mis estudiantes, pobrecitos, que Dios los bendiga, no me decían nada. Yo llegaba, abría la puerta de la clase y decía: "Perdonad, chicos, perdonad, es que había mucho tráfico; es que el metro se ha retrasado; es que no he oído el despertador; es que he perdido el autobús…" Siempre inventaba alguna excusa para disculpar mi tardanza.

Mis estudiantes, los pobres, que Dios los bendiga, no decían nada. Sonreían, pero no decían nada. Se veía que los pobres estaban hartos de esperar, pero nunca decían nada, no se quejaban. Eran unos santos.

Total, que después de llegar tarde a clase varios días… Bueno, la verdad es que si soy sincero tengo que confesar que en realidad estuve llegando tarde a clase dos semanas o tal vez más…

Bueno, pues eso, que después de llegar tarde varias semanas, como decía, un día llegué a clase y me encontré con que no había nadie. El aula estaba desierta. Los chicos se habían ido; se habían ido o tal vez ni siquiera habían venido a clase. En aquel momento no estaba seguro.

Miré el reloj. Eran las diez menos veinte de la mañana. Había llegado cuarenta minutos tarde a clase. Era tardísimo. Claro, normal, no me extrañaba que los chicos se hubieran largado. Yo habría hecho lo mismo si hubiese estado en su lugar.

Me sabía mal por ellos, por mis estudiantes, los pobres. Siempre esperando. No es profesional, no es profesional. Lo sé. Llegar tarde y hacer esperar a los pobres estudiantes no es profesional. Lo sé. Además, ¿qué culpa tenían ellos de lo que me había pasado a mí con Carmen o de que yo no pudiera pegar ojo por las noches?

Durante unos instantes me quedé allí parado, en medio del aula, de pie, sin saber qué hacer, con el abrigo puesto, las manos en los bolsillos de los pantalones y un par de libros de texto debajo del brazo.

No sabía si quedarme allí en la clase, por si llegaba algún estudiante rezagado (siempre hay algún estudiante que llega tarde a la lección) o mandarlo todo a la mierda y largarme al bar a desayunar. Tenía mucha hambre y necesitaba urgentemente un café.

Estaba pensando qué hacer, si irme o si quedarme, cuando, de repente, alguien llamó a la puerta de la clase.

¡Toc, toc!

Me giré sobresaltado. Por un momento pensé que iba a asomar la cabeza alguno de esos estudiantes perezosos que siempre llegan tarde.

Pero no. No era ninguno de mis estudiantes. A través de los cristales de la puerta vi a la última persona que yo esperaba ver en aquel momento: ¡Mi jefe! ¡El director! Me sobresalté de nuevo. Me asusté de veras. El director se pasaba los días en su despacho y no solía entrar en las aulas en horas de clase, a no ser que hubiera algún problema grave.

Sin esperar a que yo le dijera nada, mi jefe abrió la puerta y asomó la cabeza: "Juan, perdona, ¿podemos hablar un momento?" A mí, claro, me dio mucha vergüenza. Me puse rojo como un tomate. Quería que me tragase la tierra.

"¡Mierda! ¡Tenía que venir justo ahora!" Pensé.

Ponte en mi lugar, querido lector. Yo allí solo, en medio del aula, en horas de clase y sin estudiantes. Y en ese justo momento llega el director. Me dio mucha vergüenza. Me quería morir.

Intenté sonreír y aparentar naturalidad, como si todo fuera normal, como si en ese momento no me estuviera cagando de miedo.

"¡Claro, claro, Paco, pasa, dime, dime!" El director se llama Francisco, pero lo llamamos Paco.

Paco entró en el aula. Estaba muy serio. Parecía enfadado. Al verlo cerrar la puerta detrás de sí, me empezaron a temblar las rodillas.

"Juan, los estudiantes, tus estudiantes, han venido a verme esta mañana. Me han contado todo. Me han dicho que llegas tarde a clase todos los días. Estaban muy enfadados. Los exámenes son muy pronto y tienen miedo de que no los estés preparando bien."

Me quedé de piedra. ¿Los estudiantes habían ido a quejarse al director de mi falta de puntualidad? No me lo esperaba.

"¡Traidores!" Pensé.

Intenté hacer un chiste, una pequeña broma para quitarle drama a la situación. Le dije que era normal que yo llegase tarde a clase porque al fin y al cabo soy español. Todo el mundo sabe que los españoles somos muy impuntuales.

Me eché a reír. Intentaba fingir que estaba tranquilo y de buen humor.

"¡Ja, ja, ja!"

A Paco, a mi jefe, no le hizo ninguna gracia mi broma. Me dijo que no dijera tonterías, que era un asunto muy serio; que los estudiantes estaban muy cabreados conmigo; que estaban hasta las narices y que de hecho se habían quejado de mí por varios motivos, no solo porque llegaba tarde.

Yo me quedé estupefacto. ¿Por varios motivos? ¿Los estudiantes se habían quejado de mí por varios motivos, no solo por llegar tarde? ¿Qué otros motivos?

Paco me dijo que los estudiantes no estaban en absoluto contentos conmigo; que mis clases les parecían aburridas, anticuadas, demasiado tradicionales.

Decían que no estaban aprendiendo español; que yo no les motivaba, que no era un profesor divertido y que mi estilo de dar clase era demasiado tradicional.

En fin, que según ellos mi método de enseñar no funcionaba y que no querían que yo siguiera dándoles clase; que no querían que yo fuese su profesor de español.

Yo me quedé de piedra, me quedé atónito, me quedé pasmado, patidifuso; me quedé helado, me quedé con la boca abierta, me quedé sin palabras, me quedé…

Me quedé muy mal, me quedé hecho polvo. Ponte en mi lugar, querido lector: mis estudiantes no me querían en clase; no querían que continuase siendo su profesor.

Después del rechazo de Carmen y Caroline, esto es lo que me faltaba ahora: el rechazo de mis estudiantes.

"¡Cabrones!" Pensé.

Paco también me dijo que se notaba que yo no estaba bien; que todo el mundo en la universidad, no solo los estudiantes, se había dado cuenta de que yo estaba pasando por una mala racha, por un mal momento, y que lo mejor era que me tomara unas vacaciones; que me fuera unos días a la playa a descansar o a dar paseos por el campo, a escuchar a los pajaritos cantar, a respirar aire puro.

Me dijo que como de todas formas las vacaciones de verano ya estaban cerca, pues que si yo me iba un par de meses antes no pasaría nada, que no sería un problema; que al fin y al cabo nadie me iba a echar de menos. Eso me dijo el muy cabrón: que si me iba de vacaciones y dejaba de dar clase, nadie me echaría de menos.

"¡Hijo de puta!" Pensé, aunque no le dije nada.

Al ver la cara que puse, cambió un poco el tono. Poniéndome una mano sobre el hombro, me dijo muy serio: "Tú vete a descansar, Juan. Relájate, recarga las pilas, ponte bien y luego ya en septiembre, cuando vuelvas, verás que estás mucho mejor; verás que vuelves a ser el mismo de siempre".

El imbécil estaba tratando de mostrar un poco de empatía hacia mí. Fingía que estaba realmente preocupado por mi salud mental, pero en el fondo yo le importaba un pito. Si por él fuera, ya **me habría puesto de patitas en la calle** hace mucho tiempo.

"¡Cabrón!" Pensé, aunque no le dije nada.

Yo sé que mi jefe está harto de mí. Hace mucho tiempo que lo sé. Se nota en el asco con el que me mira, en el desprecio con el que me habla y, sobre todo, se nota en que hace ya más de diez años que no me sube el sueldo.

Lo que pasa es que no puede despedirme porque tenemos un contrato firmado y **le costaría un huevo echarme del trabajo.**

Pero, de todas formas, la verdad es que tengo que reconocer que el cabrón de mi jefe tiene razón. En el fondo yo sé que tiene razón. Estoy pasando ahora por una mala racha y la verdad es que sí, tengo que reconocerlo, necesito unas vacaciones.

Después de lo de Carmen me he quedado hecho polvo, depre, sin ganas de nada… Quizás me vaya a la playa, ¿por qué no? Tal vez me vaya unos días a la playa a recargar las pilas.

Le pregunté a mi jefe quién iba a dar clase a mis estudiantes las últimas semanas del curso, mientras yo estaba de vacaciones. Quién iba a sustituirme. Su respuesta me dejó helado: me dijo que Alfred se haría cargo de todas mis clases.

¡Alfred! ¡El **chulo** de Alfred!

¿Sabes quién es Alfred, amigo lector? Alfred es un tío de España, de Murcia en concreto, que en realidad se llama Alfredo García; pero como su nombre no le gusta, no sé por qué, se hace llamar Alfred. Dice que Alfred es más chulo que Alfredo y mucho más internacional, más global, más **guay**.

O sea, que "Alfredo" no le parece lo bastante *cool* y por eso quiere que todos lo llamemos "Alfred".

¡Qué pedante! ¡Menudo cursi!

No sé si ya te habrás dado cuenta, querido lector, pero a mí la verdad es que Alfred me cae fatal. Es bastante más joven que yo. No sé, tendrá unos 40 o 42 años, más o menos. Pero eso no es lo peor. Lo peor es que es mucho más guapo que yo. Pero tampoco es eso, no…

A mí, en el fondo, el que sea más joven y más guapo que yo me da igual. Ese no es el motivo por el que me cae gordo.

A mí no me cae mal porque sea guapo ni porque sea joven, no… Yo no soy ni envidioso ni celoso. No. Tengo amigos mucho más guapos y más jóvenes que yo y que sin embargo me caen muy bien. Ese no es el problema.

El problema es que el tío "va de guay". ¿Sabes lo que quiero decir? Va de guay, va de profesor guay. Dice que él, más que profesor, quiere ser "un amigo" de los estudiantes; que no quiere ser un profesor clásico, tradicional… Que él quiere ser como un guía, como un facilitador… ¡Yo qué sé! ¡El tío tiene un rollo! ¡Qué rollo tiene!

Dice que él no enseña español: su "misión" (el muy cursi habla así) es inspirar a los estudiantes; que lo que él quiere es facilitarles el trabajo, guiarles, pero no enseñarles español.

Al muy pedante se le llena la boca diciendo que él quiere promover la autonomía del estudiante; que él no es un profesor clásico, tradicional…

Pero eso no es lo peor. Lo peor es la cara de asco y desprecio con la que me mira mientras me lo dice.

El tío pensará que yo soy uno de esos profesores anticuados que torturan a los estudiantes con sus aburridas clases; uno de esos profesores obsoletos que usan el mismo libro desde hace más de veinte años; alguien que no tiene ni idea de metodología ni de pedagogía ni de nada. Un dinosaurio próximo a la extinción.

Un poco de razón tiene. Yo soy un poco así, supongo. En cualquier caso, a mí el tío me parece un pedante insoportable y me cae fatal. No lo puedo evitar.

Pero los estudiantes lo adoran, ¿eh? A los estudiantes Alfred les cae muy bien. Dicen que es un profe muy guay, que sus clases son muy chulas, que es muy divertido y que aprenden mucho con él.

Me da igual, me da lo mismo. A mí el tío me cae fatal. No lo soporto.

Y además es que **es un pelota**, un pelota total. Por ejemplo, yo a mi jefe lo llamo Paco, ¿no? Mi jefe se llama Francisco y bueno, lo normal, como ya llevamos mucho tiempo trabajando juntos, yo siempre lo llamo Paco; le hablo de tú, ¿no? Lo tuteo. "¡Oye, Paco, mira, ¿me puedes decir cuándo son los exámenes?" A mí eso me parece normal, ¿no?

Sin embargo, Alfred al director lo llama Don Francisco o también Señor Director. Un pelota. Le dice: "Señor Director, ¿me podría indicar, si es tan amable, cuando son las fechas de los exámenes?". Es un pelota total. A mí me cae muy gordo, la verdad.

En fin, que entre unas cosas y otras yo estaba hecho polvo. Estaba pasando por una racha muy mala, tanto en mi vida personal como en el curro.

Sin embargo, recientemente me ha ocurrido algo importante. Algo inesperado. Algo que puede cambiar mi vida. Hace unos días, de repente, cuando menos me lo esperaba, cuando ya había perdido toda esperanza de volverla a ver, recibí una llamada de teléfono de Carmen. Sí, de Carmen.

Me pareció que tenía la voz triste.

Vocabulario 5

Llevo una racha muy mala: estoy pasando por un mal momento ("una racha" es un periodo breve de fortuna o desgracia).

No querer cuentas (con alguien): no desear tener ningún tipo de contacto con otra persona.

Me sabía mal por ellos: me sentía mal por ellos; me sentía a disgusto sabiendo que ellos (los estudiantes) estaban esperándome en clase.

Me habría puesto de patitas en la calle: me habría despedido del trabajo ("poner de patitas en la calle" quiere decir despedir a alguien del trabajo).

Le costaría un huevo echarme del trabajo: en este contexto, "un huevo" significa mucho, una gran cantidad.

Chulo: en este contexto, un chulo es alguien arrogante; alguien que se comporta como si él fuese mejor o más importante que otras personas.

Guay: Excelente, estupendo (de forma coloquial).

Es un pelota: alguien que hace o dice cosas positivas a otra persona de forma excesiva y solo por interés (para conseguir algo a cambio).

Junio

Hacía mucho tiempo que no había hablado con Carmen. Si recuerdas, querido lector, la tía se había largado sin decir nada. Había desaparecido. Se había ido a Valencia en marzo a ver las Fallas y ya no supe nada más de ella. Desapareció, se esfumó.

Yo la había llamado muchas veces y le había dejado muchos mensajes en su buzón de voz, en su móvil, pero la tía nunca contestaba.

¿Qué podía pensar yo? Pues lo lógico era pensar que se había cabreado conmigo por lo de la cena de San Valentín y que ya no quería saber nada más de mí; que no quería cuentas conmigo, que yo ya no le interesaba...

Y me quedé fatal. Hecho polvo. Me quedé muy mal, muy triste, un poco depre... Bueno, me quedé tan depre y tan hecho polvo que mi jefe me dijo que me fuera de vacaciones.

Yo ya me había resignado a no volver a verla, pero de repente todo cambió. Resulta que un día, así, por sorpresa, cuando menos me lo esperaba, Carmen me volvió a llamar. Me dijo que quería verme, que tenía muchas ganas de hablar conmigo. Por su voz, me pareció que estaba triste.

Me preguntó si quería quedar con ella. Yo, claro, me puse muy contento. ¿Se habría acabado mi mala racha? Tal vez la llamada de Carmen significaba que todo iba a ir bien otra vez, que todo volvía a ser como antes.

Naturalmente, le dije que sí inmediatamente. Yo también tenía ganas de verla a ella, de saber qué le había pasado. Quería preguntarle por qué se había esfumado así, sin decir nada; por qué no había vuelto a llamarme y por qué no había contestado a mis llamadas. En suma, por qué se había largado sin dejar huella.

Bueno, total, que quedamos en vernos al día siguiente para tomar un café y charlar un rato. Quedamos en una cafetería del centro, un lugar tranquilo donde seguramente podríamos hablar a nuestras anchas.

Yo no llegué tarde a la cita. Llegué puntual. Había dormido mal por la ansiedad de volver a verla y estaba muy nervioso, pero llegué a la hora. De hecho, llegué un poco antes de la hora a la que habíamos quedado. Pero no tuve que esperar mucho. Carmen también fue puntual.

Nos sentamos en una mesa un poco apartada de la barra, lejos del **bullicio** de la gente que entraba y salía de la cafetería. Era temprano por la mañana y mucha gente que pasaba por delante de la cafetería hacía un alto en el camino al trabajo y pedía un café para llevar.

Al principio, ninguno de los dos sabía muy bien qué decir. Durante un rato hablamos un poco de todo y de nada (¡Cuánto tiempo ha pasado! ¿Qué tal el trabajo? ¿Qué tal las Fallas? ¿Tienes todavía el gorro rojo? ¿Qué has hecho con el disfraz de hombre de las cavernas? Te queda bien esa chaqueta. Los días son más largos ahora. La primavera no acaba de llegar, etc).

Pedimos otro café. Poco a poco nos fuimos sintiendo un poco más cómodos el uno con el otro. Yo le conté algún chiste y ella se echó a reír.

Luego le dije que la había llamado muchas veces. Que la echaba de menos. Que lo estaba pasando muy mal…

Ella me dijo que había intentado olvidarme. Que se había sentido muy decepcionada conmigo después de la cena de San Valentín, en febrero. Me confesó que se había enfadado mucho, que me comporté muy mal con ella, que fui muy maleducado, que no supe comportarme como un caballero, que eso no se hace en una primera cita, que se sintió humillada…

Como te puedes imaginar, querido lector, yo estaba hecho un manojo de nervios. Me sentía muy avergonzado. Me disculpé.

Le dije que tenía razón y que mi comportamiento había sido imperdonable. Intenté explicarle que yo soy muy tímido y que siempre me pongo muy nervioso con las mujeres; que nunca estoy seguro de qué hacer, que nunca sé qué decir y que siempre meto la pata.

Ella no dijo nada, pero por su mirada me pareció que me entendía; que entendía lo que yo estaba tratando de explicarle. Luego me confesó que sus amigos le habían aconsejado que se olvidara de mí y que no volviera a salir conmigo.

Le habían dicho que yo era muy poca cosa para ella, que ella se merecía a alguien mejor que yo; que ella era demasiado guapa, demasiado joven y demasiado inteligente para andar del brazo de un perdedor como yo.

Eso le dijeron sus amigos: que me dejase, que no volviera a verme; que yo no era lo bastante hombre para ella y que se olvidara de mí.

¡Cabrones!

Encima, sus amigos, tan simpáticos ellos, le dijeron que yo era un rata, que yo era muy tacaño; que se veía que yo era muy agarrado con el dinero y que no me gustaba gastar.

Obviamente, también le recordaron que yo era mucho más mayor que ella; que ella era una mujer mucho más joven y más guapa que yo.

¡Cabrones!

Total, que sus amigos le dijeron que yo no le convenía en absoluto y que ella se merecía algo mejor. Ese fue el consejo que le dieron: que desapareciera de mi vida, que se largase, que se esfumara y que no volviera a verme jamás.

¡Cabrones!

Y lo peor es que Carmen les hizo caso.

Me dijo que ella había tratado de olvidarme, que había hecho todo lo posible por no volver a pensar en mí, pero que no lo había conseguido.

Me confesó que había conocido a otros chicos. Me dijo que había ligado con otros hombres más jóvenes, más guapos, más inteligenes y con más dinero que yo, pero que no había conseguido olvidarme.

Me echaba de menos. Sí, eso me dijo, que me echaba de menos. ¡A mí! ¡A mí! ¡Me echaba de menos a mí! Eso fue lo que me dijo.

Me contó que cuando estaba con otros chicos pensaba en mí; que cuando miraba a otros chicos, en realidad me veía a mí; que se acordaba de mi pelo, de mis ojos, de mis labios… ¡Que no podía dejar de pensar en mí!

Luego, para mi sorpresa, me confesó que se había enamorado locamente de mí el día que fui a su fiesta vestido de cavernícola.

Yo pensaba que aquella fiesta había sido un desastre total. Estaba convencido de que había hecho un ridículo espantoso con aquel disfraz de hombre de las cavernas en medio de sus amigos tan elegantes.

Nunca podré olvidar sus caras de asco hacia mí, sus miradas de desprecio, sus burlas miserables, sus cuchicheos al oído y sus risitas humillantes.

¡Cabrones!

Lo pasé fatal en aquella maldita fiesta. Tendría que haberme largado de allí en cuanto me di cuenta de mi error. Fue el peor día de mi vida. Todavía ahora me da vergüenza recordar lo que pasó.

Sin embargo, el otro día, cuando la vi, Carmen me confesó que aquella tarde se había enamorado locamente de mí. Me dijo que en cuanto me vio vestido de hombre prehistórico supo que yo era el hombre de su vida y que ya no podría vivir sin mí. En voz baja me confesó que disfrazado de cavernícola le había parecido muy varonil, muy macho, muy sexi...

Como te puedes imaginar, querido lector, mientras Carmen me contaba todo esto yo estaba flipando. O sea, es que no me lo podía creer. Una chica tan joven y tan guapa como Carmen se había enamorado de mí de esa forma tan apasionada y me decía que yo era sexi, guapo, varonil, masculino, muy macho…

Mi autoestima subió como un cohete de la NASA; como uno de esos cohetes que van a la luna o a Marte…

¡Booooooom!

Así, como un cohete espacial, se me subió a mí la autoestima mientras ella me decía que verme vestido de hombre prehistórico la hacía sentirse más mujer; que sentía unos impulsos incontrolables, una atracción fatal hacia mí que no podía controlar, cuando me imaginaba vestido de cavernícola.

Yo flipaba. Supuse que el traje de hombre de las cavernas había despertado en ella una fuerza animal oculta, innata, probablemente transmitida en sus genes femeninos desde la prehistoria; un instinto básico de hembra en celo hacia el macho de la manada…

Yo flipaba. De joven, a mí las mujeres nunca me habían hecho mucho caso.

Recuerdo que los sábados por la noche me afeitaba, me peinaba, me ponía una camisa limpia y bien planchada, unos pantalones vaqueros ajustaditos y me iba con mis amigos a ligar a la discoteca. Ni caso. A mí las chicas no me hacían ni caso. Me ignoraban completamente.

Mis amigos de vez en cuando ligaban, pero yo solía volver a casa siempre solo, **más solo que la una,** con la camisa arrugada y más triste que **los dibujos animados de Heidi.**

¡Ojalá hubiera sabido yo entonces que vestido de hombre prehistórico era irresistible! Si lo hubiera sabido antes, otro gallo cantaría. ¡Mi vida habría sido muy diferente!

Volviendo al presente, volviendo a la cita con Carmen, al final pasó lo que tenía que pasar: **nos enrollamos.**

En el fondo, si lo piensas, era lógico. Ella es una mujer guapa, joven y yo soy un hombre maduro (no soy viejo, sino maduro. Es diferente), sexi, varonil, masculino, muy macho, un poco salvaje, primitivo…

Total, que sí, que nos enrollamos: que nos acostamos, que nos fuimos a la cama, que hicimos el amor, que tuvimos sexo… Llámalo como quieras.

Eso es lo normal, ¿no? Eso es lo normal entre un hombre varonil, maduro y sexi como yo y una mujer joven y guapa como Carmen.

En resumidas cuentas, este mes Carmen y yo hemos empezado a salir juntos. Estamos supercontentos. Por fin ha terminado mi mala racha. Estamos muy felices los dos. Yo estoy feliz y Carmen está feliz. Lo veo en su cara, a menudo sonriente, y lo veo en sus ojos cuando me mira.

Y como nos encontrábamos tan bien el uno con el otro, decidimos pasar unos días de vacaciones los dos solos, lejos de todo y lejos de todos. Especialmente lejos de sus amigos. Yo tenía muchas ganas de estar solo con Carmen y ella tenía muchas ganas de estar sola conmigo.

Pensamos en varias opciones (Venecia, Lisboa, Cuba, París…), pero al final nos fuimos de vacaciones a celebrar la Noche de San Juan en la playa.

La noche que va del 23 al 24 de junio es costumbre ir a la playa, hacer hogueras y celebrar una fiesta con fuego toda la noche.

Es algo que hacía muchos años que yo no hacía. De joven, sí. Cuando era joven solía ir casi todos los años a pasar la Noche de San Juan en la playa con mis amigos, pero al terminar la universidad cada uno se fue por su lado y dejamos de vernos. Lo de celebrar la Noche de San Juan en la playa se quedó atrás, como un recuerdo de juventud.

Por eso me gustaba la idea de pasar esa noche con Carmen. Era como volver a ser joven otra vez. Además, es que yo me llamo Juan. Mayor motivo para ir a la playa y celebrar la Noche de San Juan, ¿no?

La idea fue mía. Yo le dije, "niña, vámonos unos días de vacaciones. Celebramos la Noche de San Juan en la playa y pasamos esa noche juntos, los dos solos. ¿Qué te parece?" Me dijo que le parecía muy bien y eso hicimos.

Bueno, lo de "los dos solos" es un decir. En realidad, La Noche de San Juan las playas suelen **estar hasta los topes de gente**.

Yo mismo compré el vuelo y reservé el hotel. Como sus amigos decían que yo era un rata, un tacaño que no quería gastar dinero, le dije: "No te preocupes, Carmen, tú no te preocupes. Esto es un regalo mío. Yo pago el vuelo y el hotel y nos vamos los dos juntitos a celebrar la Noche de San Juan en la playa. ¡Pago yo!"

Y ella encantada porque, sí, será muy moderna y muy joven y tal, pero es una mujer y a las mujeres les gusta que el hombre las trate bien; que las invite, que les pague una cena, que les haga regalos, que les compre cosas, que las lleve de viaje… Que tenga detalles con ellas, vamos.

Es normal. Ha sido siempre así y será siempre así. Y no pasa nada, oye. El dinero es para gastarlo, no para que esté en el banco **muerto de risa**.

Yo tengo algunos ahorrillos. No mucho, pero algo tengo. Si no disfruto ahora de la vida, ¿cuándo? Yo ya no soy un jovencito.

¡A vivir, que son dos días!

Con tal de ver a Carmen contenta, yo soy capaz de lo que sea.

Y, oye, que el hotel no era barato, ¿eh? Era un hotel de 5 estrellas en el paseo marítimo, en primera línea de playa y con una vista del mar impresionante. Te levantabas por la mañana y flipabas con la vista. Porque, claro, no vas a llevar a tu chica a una pensión barata, a una pensión **de mala muerte**. Eso sería muy **cutre**, ¿no?

Reservé uno de los mejores hoteles que encontré. La habitación tenía de todo: minibar, secador del pelo, cafetera para hacerte café por la mañana, toallas limpias para secarte después de la ducha, papel higiénico… ¡Había hasta bidé en el cuarto de baño! No faltaba de nada. Aquel hotel tenía de todo.

Me costó un ojo de la cara. Era carísimo. Un hotel de esa categoría, en primera línea de playa, con secador para el pelo y bidé, la Noche de San Juan cuesta un ojo de la cara. Pero, mira, yo me dije: "Un día es un día. La vida es para vivirla, el dinero es para gastarlo y solo se vive una vez".

¡A vivir, que son dos días!

Además, yo con tal de ver a Carmen contenta y feliz hago lo que sea. A mí sus amigos no me vuelven a llamar rata. Yo no quiero que sus amigos vuelvan a decir que yo soy un tacaño, que no me gusta gastar, que soy muy agarrado con el dinero. ¡Ni hablar! A mí no me vuelven a llamar tacaño.

Se lo dije a Carmen en cuanto llegamos al hotel. Le dije "niña, pon fotos de todo en Instagram para que se enteren tus amigos de cómo es el hotel donde te he traído yo. Que no digan que soy un tacaño. Que no vuelvan a llamarme rata. ¡Yo no soy ningún rata!"

Total, que pasamos la noche de San Juan en la playa. Hicimos una hoguera, cenamos, bebimos y nos bañamos en el mar. El agua estaba un poco fría, pero eso nos daba igual: nosotros estábamos muy calientes. Luego nos emborrachamos, hicimos el amor…

En fin, lo normal entre un hombre maduro, varonil, sexi, masculino y muy macho como yo y una chica joven y guapa como Carmen.

En el trabajo no saben nada, claro. Yo espero que el cabrón de mi jefe no se entere nunca de mi aventura con Carmen. Él cree que yo estoy muy mal, que estoy depre; piensa que estoy en mi casa, más solo que la una, mirando por la ventana con la mirada perdida en el horizonte y más triste que un episodio de **La casa de la pradera.**

¡Ay! ¡Si él supiera! ¡Ay! Si él se enterase de mi aventura con Carmen se quedaría de piedra. Espero que nunca se entere.

El que sí que me gustaría que se enterase es Alfred. El tío es inaguantable. Es un arrogante insoportable que se cree muy guapo, muy sexi, muy moderno, muy guay, muy no sé qué…

El tío, Alfred, tiene un montón de éxito con las mujeres, pero yo, la verdad, no sé qué le ven; yo no sé por qué tiene tanto éxito, por qué les gusta tanto a las tías. A mí me parece un tipo muy arrogante, muy chulo. Me cae fatal. No sé si se nota mucho.

Ojalá Alfred se enterase de que estoy saliendo con Carmen, una chica guapa, joven e inteligente que me encuentra irresistible y que piensa que soy varonil, sexi, fuerte, masculino y muy macho.

Seguramente el tío piensa que yo soy un viejo aburrido y sin ningún atractivo. Probablemente se imagina que me paso **las horas muertas** tumbado en el sofá de mi casa, en calzoncillos, comiendo pizza delante de la tele. ¡Se iba a quedar de piedra si supiera lo mío con Carmen! El tío iba a flipar si lo supiera.

Se habría muerto de envidia si hubiera visto el bañador rojo que llevaba Carmen La Noche de San Juan y que yo le había comprado antes de partir. Se lo compré rojo adrede porque el rojo es el color de la fuerza, de la pasión. Y Carmen es una mujer de mucha pasión.

Me hace gracia pensar que mientras Alfred estaba dando clase de español con este calor, encerrado en un aula sin aire acondicionado, sudando la gota gorda, Carmen y yo estábamos tan ricamente en la playa, los dos juntitos, abrazaditos, bañándonos en el mar y tomando mojitos en un chiringuito.

¡Ja, ja, ja! ¡Qué malo soy!

¡Me encanta pensar en la cara que pondría Alfred si lo supiera!

Nos lo pasamos tan bien La Noche de San Juan que en julio Carmen y yo nos vamos a ir a la playa otra vez. He alquilado un apartamento en Ibiza y vamos a estar allí los dos solitos unas cuantas semanas.

Y, por cierto, a Carmen ya le he comprado otro bañador rojo. Esta vez le he comprado un bikini. Espero que le esté bien porque no estaba seguro de la talla y lo he escogido **a ojo.**

Como es natural, le he comprado el bikini más sexi que había en la tienda. De hecho, no sé si es un poco pequeño. Quizás le esté un poco estrecho. No sé. Ya veremos. Se lo tendrá que probar y ver qué tal le queda.

Vocabulario 6

Bullicio: ruido, confusión, etc.

Más solo que la una: que está completamente solo.

Los dibujos animados de Heidi: popular serie de dibujos animados que cuenta una historia llena de tragedias y episodios dramáticos que han hecho llorar a muchos niños en todo el mundo.

Nos enrollamos: en este contexto, "enrollarse" es una forma coloquial para expresar que dos personas tienen sexo (en otros contextos, "enrollarse" tiene otros significados diferentes, como, por ejemplo, hablar de forma excesiva).

Estar hasta los topes de gente: se dice que un lugar "está hasta los topes" cuando hay mucha gente.

Muerto de risa: en este contexto, esta expresión se refiere a una cosa que es ignorada; algo que no se usa, que no se aprovecha. Por ejemplo, "tener dinero en el banco muerto de risa" quiere decir que es un dinero desaprovechado, que no se usa para nada; que está abandonado, olvidado.

De mala muerte: algo "de mala muerte" es algo de poca calidad.

Cutre: algo "cutre" es algo barato, descuidado, sucio, de poca calidad.

La casa de la pradera (en inglés: Little House On the Prairie): popular serie de televisión de los años 70 que cuenta una historia llena de tragedias y episodios dramaticos que han hecho llorar a millones de personas en todo el mundo.

Las horas muertas: el tiempo que se pasa sin hacer nada o haciendo algo inútil, sin provecho.

A ojo: hacer algo "a ojo" es hacer un cálculo de forma aproximada, no precisa (por ejemplo: "A ojo, creo que en el concierto de ayer había más de quinientas personas").

Julio

Estoy hecho polvo. Estoy agotado. Estoy exhausto. Estoy reventado. Estoy cansadísimo. Ya no puedo más, de verdad.

Carmen y yo llevamos aquí en este hotel casi dos semanas y prácticamente no hemos salido de la habitación en todo este tiempo.

Lo que pasa es que Carmen es muy joven y claro…

¡Tiene una fuerza! ¡Tiene un vigor! ¡Tiene una energía!

¡La tía es una máquina sexual! ¡No se cansa nunca! ¡No para! Siempre tiene ganas de más y más…

Pero yo sí me canso. Yo estoy hecho polvo. Yo ya no puedo más, de verdad. Yo ya no soy ningún jovencito.

Sin embargo, ese no es el problema. Aunque yo ya no sea un jovencito, todavía **tengo cuerda para rato.**

El problema es que la tía quiere que lleve el disfraz de hombre primitivo todo el día, desde por la mañana hasta por la noche. Dice que se excita mucho conmigo cuando llevo puesto el traje de hombre de las cavernas y quiere que me lo ponga todos los días. Dice que me encuentra muy masculino, muy macho. ¡No quiere que me lo quite nunca!

¡Ay! Si de joven hubiera sabido que vestido de Pedro Picapiedra tenía ese poder de atracción casi animal sobre las mujeres, mi vida habría sido muy diferente. ¡Qué pena no haberlo descubierto antes!

Pero, en fin, no me quejo. Más vale tarde que nunca, como suele decirse.

Y aunque esté muy cansado, aunque esté hecho polvo, en el fondo me gusta. En el fondo estoy encantado de que una chica tan joven y tan guapa como Carmen me encuentre atractivo. A mi edad eso es algo que ya no se espera.

Si el chulo de Alfred supiera que Carmen y yo llevamos casi dos semanas sin salir de la habitación se moriría de envidia.

Por eso es por lo que estoy tan blanco. Carmen no me deja en paz. Desde que llegamos hace casi dos semanas, todavía no hemos ido ni una sola vez a la playa. Una pena, la verdad, porque a mí me encantaría bañarme, tomar un poco el sol y ponerme moreno.

Pero es que no me deja en paz. Estamos todo el día **dale que te pego** en la habitación, encerrados... ¡Hombre! ¡Esto tampoco es normal!

No me estoy quejando, ¿eh? No me estoy quejando. A mí me encanta Carmen, pero es que todavía estoy muy blanco. Yo me quería poner un poco moreno. Para eso se viene a la playa, ¿no?

A la playa vienes a ponerte moreno y ser la envidia de todo el mundo cuando luego vuelvas a tu ciudad. ¿A que sí?

No hay nada que me dé más placer al final del verano que volver al trabajo moreno y que el primer día todo el mundo me mire y me diga "¡Oh, Juan, qué moreno estás!"

Y que los vecinos te miren de reojo en el ascensor y piensen que tienes un montón de dinero; y que tus amigos crean que te lo has pasado estupendamente y se mueran de envidia… ¡Me encanta!

¿Si cuando vuelves a la ciudad estás blanco y nadie se da cuenta de que te lo has pasado bien, para qué sirve irse de vacaciones? ¡En fin!

Pero no me quejo, ¿eh? No me quejo. Yo con tal de ver a Carmen contenta, hago lo que sea, lo que haga falta. Si me tengo que pasar el verano encerrado en la habitación y vestido de Pedro Picapiedra, pues no pasa nada. Me da igual, me da lo mismo. Lo importante es que ella sea feliz: si ella es feliz, yo soy feliz.

Me da un poco de pena por el hotel. Es que el hotel está muy bien. Es un hotel bastante caro que yo reservé para estar con Carmen, aquí, cerca de la playa...

Es que si vas con una mujer de vacaciones, pues, hombre, no la vas a llevar a una pensión cutre o a un hotel de mala muerte, ¿no? Hay que ir a un hotel bueno, a un hotel cerca de la playa, a un hotel de cierta categoría que tenga todas las comodidades.

Este hotel tiene de todo. ¡Tiene hasta ascensor para ir a las habitaciones! Y nosotros estamos en una habitación que tiene toallas, papel higiénico, ducha... ¡Tiene hasta bidé! El bidé va muy bien para lavarte los pies cuando vuelves de la playa o para lavar los calcetines sucios.

En fin, que a la habitación no le falta un detalle. ¡Ah! También hay un minibar por si un día te quieres tomar una copa y un secador de pelo por si te quieres secar el pelo.

Bueno, total, que el hotel está bien, pero es un poco caro. Reservarlo me costó un ojo de la cara. Pero no importa, es igual. Con tal de ver a Carmen contenta, yo hago lo que sea. ¡Lo que haga falta!

Sus amigos (los amigos de Carmen) no me van a decir otra vez que yo soy un rata, que soy muy tacaño, que no quiero gastar dinero, que soy un agarrado… Eso ya no lo podrán decir. No, señor.

Yo no soy un rata. Estaba harto de que dijeran que yo era muy agarrado con el dinero. ¿Agarrado yo con el dinero? ¡Para nada! ¡Qué poco me conocen!

Todo lo contrario. Yo pienso que el dinero es para gastarlo; que hay que vivir bien y que hay que disfrutar de la vida mientras se pueda. De hecho, mi filosofía en la vida es esa: **¡A vivir, que son dos días!**

¿Rata yo? ¡Qué va! ¡Ni hablar!

Carlos y Marta me han dicho que probablemente estoy atravesando la crisis de la mediana edad y que seguramente esta historia mía con Carmen acabará mal.

Dicen que yo ya no soy un jovencito, que ya tengo una cierta edad y que probablemente busco en ella una segunda juventud; que en realidad lo que pasa es que tengo miedo de hacerme viejo, que me niego a envejecer; que tengo miedo al paso del tiempo, a la muerte… ¡En fin!

También dicen que seguramente ella lo que busca es mi dinero. Me dicen que tenga mucho cuidado, que probablemente va detrás de mis ahorros.

Son unos malpensados. No se fían de nadie, sospechan de todo el mundo. Piensan que todo el mundo tiene intenciones ocultas, creen que todo el mundo esconde algo, que todo el mundo busca algo, que nadie da nada por nada.

Son de ese tipo de gente que si ven que alguien les sonríe, piensan: "¿Qué querrá de mí? ¿Por qué me sonreirá?"

No conciben que haya personas como Carmen: personas sencillas, alegres, generosas, honestas, con un corazón tan grande que no les cabe en el pecho; personas de sonrisa abierta y de mirada limpia.

Por eso digo que Carlos y Marta son unos malpensados; que piensan mal de todo el mundo. Según ellos, la gente siempre busca algo, siempre quiere algo. No se fían de nadie. Según ellos, detrás de cada sonrisa se esconde una intención oculta y seguramente deshonesta.

De hecho, **ahora que caigo,** el refrán favorito de Carlos es "piensa mal y acertarás", uno de los refranes más feos del refranero español. Un refrán que te anima a pensar mal de todo el mundo y a **buscarle tres pies al gato**, es decir, a ver problemas donde no los hay. El refrán favorito de todos los **conspiranoicos**, supongo.

Yo creo que lo que pasa es que Marta y Carlos (sobre todo Carlos) me tienen un poco de envidia. Sí, yo creo que es eso. Me tienen un poco de envidia porque yo ahora soy feliz. En el fondo, es eso: me tienen envidia.

A ellos lo que quizás les gustaría es que yo continuase siendo infeliz; que estuviera todo el día en mi casa, más solo que la una, más triste que un pavo de EEUU el Día de Acción de Gracias; mirando por la ventana, con la mirada perdida en el horizonte y suspirando…

¡Ay, Ay, Ay!

Hay gente así. Hay gente que se pone contenta cuando tú estás triste y que se pone triste cuando tú estás contento.

¡Envidiosos!

Por si fuera poco decirme que Carmen seguramente va detrás de mi dinero y que no me fíe de ella, encima Carlos y Marta me han dicho que es un poco tontita. Eso me ha molestado un poco. Yo no creo que Carmen sea tonta. No, no lo es. Es un poco superficial, eso es verdad, pero tonta no.

Yo antes salía con mujeres muy intelectuales con las que hablaba de arte, de literatura, de cine, de teatro, de filosofía…

A menudo íbamos al cine a ver películas francesas o italianas antiguas, de los años cincuenta, en blanco y negro.

A veces también íbamos a ver exposiciones de pintura, presentaciones de libros, conferencias de filosofía… Otras veces simplemente nos quedábamos en casa y hablábamos.

Hablábamos mucho. Hablábamos sobre el sentido de la vida, sobre el origen del universo... Y mientras hablábamos bebíamos whisky y escuchábamos canciones de Jacques Brel, de Bob Dylan, de Leonard Cohen...

Yo me aburría como una ostra, la verdad. Fingía estar interesado; fingía que entendía de arte, de fotografía, de pintura, de música clásica, de filosofía... Hacía como si me interesara todo ese mundo tan serio y tan intelectual, pero en el fondo estaba harto de todo eso. Necesitaba un poco de aire fresco.

Carmen no es así. Carmen es más superficial. Con Carmen hablo de otras cosas. "¿Qué es mejor, la tortilla de patatas con cebolla o sin cebolla?" Podemos pasar horas y horas discutiendo sobre ese tema, cada uno intentando convencer al otro. Por cierto, yo la prefiero con cebolla y ella sin cebolla. ¡No sabe lo que se pierde!

"¿Qué baile es mejor? ¿La salsa, el merengue, el chachachá, el flamenco, el tango...?" Hablamos mucho sobre bailes porque a Carmen le gusta mucho bailar. Tiene una facilidad innata, especialmente para los bailes latinos. Baila todo lo que le eches: chachachá, salsa, bossa nova...

Algunos de nuestros temas habituales de conversación son: ¿Cuáles son los ingredientes del queso manchego? ¿Cuánto se tarda en subir a la Giralda de Sevilla? ¿Perros o gatos? ¿Dónde se inventó el mojito? ¿Has probado el pisco? ¿Dónde están las mejores playas nudistas de España? ¿Cómo se hace el gazpacho? ¿Dónde se come el cebiche? ¿Quién inventó la rumba catalana?

En fin, digamos que mis temas de conversación de ahora no son tan intelectuales como los de antes. Con Carmen hablo de asuntos un poco más superficiales, más frívolos. Ayer, por ejemplo, estuvimos toda la tarde discutiendo quién era mejor, si Shakira o Enrique Iglesias. A ella le encanta Enrique Iglesias. Dice que está muy bueno y de hecho se sabe todas sus canciones de memoria.

A mí, en cambio, no me gusta mucho Enrique Iglesias. Bueno, a mí la verdad es que no me gusta ni Enrique Iglesias ni Shakira ni ninguno de esos cantantes modernos que hay ahora. Yo soy más de George Brassen, de Joaquín Sabina y de Joan Manuel Serrat.

Pero si hay que escuchar a Enrique Iglesias y a Shakira, pues se escucha. No pasa nada. Yo con tal de que Carmen esté contenta y sea feliz, hago lo que sea, lo que haga falta.

Cuando le dije a Carlos cuáles eran los gustos musicales de Carmen se echó a reír y me dijo: **"¡Quién te ha visto y quién te ve!** ¡Tú, que eras tan intelectual! ¡Tú, que siempre llevabas un libro de Sartre o de Camus debajo del brazo! ¡Tú, que te pasabas las horas muertas escuchando a Brassens, a Serrat o a Caetano Veloso! ¡Quién te ha visto y quién te ve! ¿Ahora escuchas a Enrique Iglesias y a Shakira? **¡Ya te vale!"**

Me da igual. Me da lo mismo lo que piense Carlos. Ya sé que Carmen no es una intelectual. Lo sé. Pero es alegre y divertida. Es como un soplo de aire fresco en mi vida. Yo ya estaba harto de todas aquellas mujeres con gafas de plástico marrón con las que solía salir. No sé por qué, yo siempre salía con mujeres que llevaban gafas de plástico marrón.

También estaba harto de hablar de cosas serias y trascendentales y de discutir sobre el sentido de la vida, el origen del universo, el imperialismo norteamericano, la caída del muro de Berlín, Vietnam, la Revolución del 68... ¡Estaba hasta las narices de hablar de la Revolución del 68!

También estaba harto de ver películas antiguas en blanco y negro superprofundas, superintelectuales, pero también superaburridas. Yo, por ejemplo, me he visto El séptimo sello, de Ingmar Bergman, doce veces. Con eso lo digo todo.

Yo he llevado una vida muy aburrida. Ahora me doy cuenta. Yo de joven me he aburrido como una ostra.

Actualmente estoy mucho mejor porque Carmen, gracias a Dios, no es así; Carmen es joven, vital, alegre. Es un poco superficial, sí, pero tonta no. **No tiene un pelo de tonta.** Yo no creo que Carmen sea una "tontita", como piensa Carlos. Al contrario, a mí me parece muy inteligente.

Yo me lo paso genial con ella y ella conmigo. Los dos nos lo pasamos muy bien juntos. Estamos hechos el uno para el otro.

Lo que pasa es que Carlos es un poco envidioso y le da rabia que yo esté saliendo con una chica tan fantástica. ¡Ya quisiera él que una chica tan joven y tan guapa como Carmen se hubiera fijado en él! Es todo envidia, pura envidia.

Marta me ha dicho que Carmen está buscando en mí un padre; que yo soy para ella una figura paterna. No lo sé, quizás, es posible.

Es posible que Marta tenga razón, no lo sé, pero de todas formas me da igual, me da lo mismo. Si soy una figura paterna para ella, ¿cuál es el problema? Si eso la hace feliz, ¿qué problema hay? Yo ciertamente no la veo como a una hija, sino como a una mujer.

A mí lo que me parece es que Marta está un poco celosa de Carmen. Marta ya no es ninguna jovencita. Es una mujer ya de una cierta edad y supongo que tiene celos de la juventud, la frescura y la sensualidad de Carmen.

No se lo reprocho. Lo entiendo perfectamente porque yo también tengo celos cuando veo a los chicos jóvenes levantando pesas y haciendo músculos en el gimnasio o cuando paso delante del escaparate de una tienda de ropa interior y veo fotografías de modelos masculinos medio desnudos, luciendo calzoncillos en poses sensuales.

A mí también me gustaría tener el cuerpo que tienen ellos y estar tan bueno como están ellos, pero, qué le vamos a hacer, hay que aceptar el paso del tiempo. Hacerse viejo es una ley de vida.

Así que de tontita, nada. Yo no creo que Carmen sea una tontita, como piensan Carlos y Marta. No tiene ni un pelo de tonta.

De hecho, **la voy a enchufar en la universidad** donde yo trabajo. En cuanto volvamos de las vacaciones voy a hablar con Paco, con mi jefe, y le voy a decir que la ponga a trabajar como profesora de español. Oye, ¿por qué no? Es española. A fin de cuentas es una hablante nativa de español.

Es verdad que no tiene ninguna experiencia; que no tiene ningún tipo de formación como profesora de idiomas y que no tiene ni idea de cómo se enseña español.

Además, no lo sé, pero me imagino que no sabrá nada de gramática. Supongo que ni siquiera sabrá qué es un adjetivo ni qué es un verbo ni qué es un pronombre… Es igual, es lo mismo, no importa. Ya se lo explicaré yo todo.

De todas formas, la voy a enchufar como profesora de español en la universidad donde yo trabajo porque necesita un curro. Lleva varios meses sin currar y necesita un empleo urgentemente.

En cuanto volvamos de las vacaciones hablo con Paco. No creo que haya ningún problema. Carmen es tan maja que le cae bien a todo el mundo.

Estoy seguro de que Paco estará encantado de que una chica tan alegre y con tanta energía entre a formar parte del equipo de profes de español. A todos nos irá bien un poco de sangre nueva.

Estoy deseando ver la cara que se le pondrá a Alfred cuando vea a Carmen. Se va a morir de envidia cuando vea que mi novia es joven, divertida, vital, alegre y que encima trabaja allí conmigo. ¡El tío se va a morir de envidia!

El muy chulo se piensa que yo soy un viejo carcamal **chapado a la antigua** y que estoy más solo que la una; que soy un tipo aburrido y sin gracia; un soso sin atractivo ninguno para las mujeres…

¡Se va a enterar! Cuando me vea con Carmen, se va a enterar de quién soy yo. El tío se va a quedar de piedra. Estoy deseando ver la cara que pone cuando se la presente y le diga: "Mira, Alfred, esta es Carmen, mi novia".

¡Se va a quedar boquiabierto! ¡Se va a morir de envidia!

Lo que pasa es que ahora estoy hecho polvo. Es que llevo dos semanas sin salir de la habitación, vestido de cavernícola; encerrado con Carmen, dale que te pego desde por la mañana hasta por la noche.

Esto es agotador, de verdad. Es que yo ya no soy ningún jovencito. Pero no me quejo, ¿eh? No me quejo. Al fin y al cabo solo se vive una vez.

¡A vivir que son dos días! Esa es mi filosofía. Además, yo con tal de ver a Carmen contenta soy capaz de lo que sea. ¡De lo que sea!

Vocabulario 7

Tengo cuerda para rato: la expresión "tener cuerda para rato" se usa para decir que tenemos energía suficiente para continuar haciendo una actividad (en el contexto de la historia, para continuar haciendo el amor con Carmen).

Dale que te pego: se usa esta expresión cuando hacemos una actividad repetidas veces, una y otra vez (en el contexto de la historia, se hace referencia a la actividad sexual entre Carmen y Juan).

¡A vivir, que son dos días! Se dice esta frase para recordar que la vida es corta y que hay que disfrutar el momento presente.

Ahora que caigo: cuando alguien dice "ahora caigo", está diciendo que acaba de entender o que acaba de recordar algo de repente, de improviso, en este momento. La expresión completa es "caer en la cuenta".

Buscarle tres pies al gato: cuando alguien intenta complicar algo que es en realidad muy sencillo, se dice que le está buscando tres pies al gato (en realidad sería más apropiado decir "buscarle cinco pies al gato").

Conspiranoicos: este término es el resultado de mezclar de forma humorística "conspiración" y "paranoico". Los conspiranoicos son individuos que piensan que todo lo que pasa en el mundo es fruto de una conspiración de los gobiernos, poderes ocultos, los extraterrestres, etc.

¡Quién te ha visto y quién te ve! Cuando una persona cambia mucho en algún aspecto de su vida (por ejemplo, en su forma de ser, en sus gustos, en su forma de vestir, en su estilo de vida, etc), podemos exclamar: ¡Quién te ha visto y quién te ve!

¡Ya te vale! Se usa esta expresión para mostrar desaprobación hacia la conducta negativa de otra persona (por ejemplo, si un amigo llega muy tarde a la cita que tenía contigo, le puedes decir: "Llegas más de 20 minutos tarde. ¡Ya te vale!").

No tiene un pelo de tonta: se dice que alguien "no tiene un pelo de tonto" cuando pensamos que es una persona lista, astuta, difícil de engañar, nada ingenua.

La voy a enchufar en la universidad: en este contexto, "enchufar" significa colocar en un cargo o destino a alguien que no tiene méritos para ello, por amistad o por influencia política.

Chapado a la antigua: que se comporta de forma anticuada o que tiene gustos pasados de moda.

¡Se va a enterar! El verbo "enterarse" significa tener noticia de algo o comprender algo. La exclamación (¡Se va a enterar!) Suele decirse como amenaza hacia alguien, en el sentido de que esa persona va a saber quiénes somos nosotros, va a comprender que ha cometido un grave error, etc.

Agosto

UN DÍA A MEDIADOS DE AGOSTO, POR LA MAÑANA

Por fin he podido venir a la playa, pero he tenido que venir yo solo. Carmen se ha quedado en el hotel.

Yo estaba ya harto de estar en la habitación. Quería bañarme un poco, darme un chapuzón en el mar. No tengo ganas de pasarme todos los días allí encerrado.

Carmen no ha querido venir conmigo. Ella se lo pierde.

Le he dicho "¡Venga, vamos a la playa, cariño! Vamos a bañarnos un poco, vamos a darnos un chapuzón y a tomar un ratito el sol. ¡Venga! ¡Anímate! ¡Vamos a ponernos morenos, que llevamos aquí más de tres semanas y estamos los dos todavía más blancos que la leche!"

Nada. No ha habido manera de convencerla. Me ha dicho que no, que no y que no. No ha querido venir conmigo. Allí se ha quedado, sola en la habitación, leyendo un libro. Más sola que la una.

Dice que le da vergüenza ponerse el bañador porque tiene los pechos muy pequeños. Eso me ha dicho, que ella se ve las tetas muy pequeñas, que prácticamente no tiene tetas y que le da vergüenza ponerse en bañador delante de la gente.

Dice que tiene el pecho muy liso; que tiene la impresión de que todo el mundo la mira de reojo y cuchichea a su alrededor como diciendo "¡Mira esa tía, no tiene tetas; está lisa como una tabla!"

Yo le he dicho que eso son chorradas, tonterías que se imagina ella; que está todo en su cabeza, que nadie la mira, que a nadie le importa si tiene el pecho más grande o más pequeño, que está guapísima en bañador…

Nada. No ha habido manera de que viniera. Por más cosas que le he dicho, no he podido convencerla de que se bajara a la playa conmigo. Que no, que no y que no. Al final, he dejado de insistir y me he bajado yo solo. Total, el hotel está a dos pasos de aquí.

Pero es una pena; es una pena que no haya querido venir conmigo. ¡Con el bikini tan chulo que le compré! ¿Recuerdas, querido lector? Antes de salir de vacaciones le compré un bikini rojo, pequeñito, muy sexi…

¡No se lo ha puesto ni una sola vez!

Dice que le da vergüenza ponérselo, que no le queda bien, que ella no tiene pecho, que está muy lisa, que la gente se la queda mirando y **que si patatín y que si patatán…** La tía le da muchas vueltas a la cabeza, se preocupa demasiado por todo.

Yo le he dicho: "Pero, tía, ¿qué dices? Hay mujeres que tienen el pecho más grande y hay mujeres que tienen el pecho más pequeño, ¿no? Es normal.

Tener el pecho más grande o más pequeño no tiene ninguna importancia. Cada persona es como es. ¡Nadie es perfecto! Anda, venga, deja de preocuparte por chorradas y vámonos a la playa los dos juntos."

Nada, no ha habido manera. Que no, que no y que no. Por más cosas que le he dicho, no he podido convencerla. La tía se ha quedado en la habitación, leyendo un libro.

Me he tenido que venir yo solo aquí a la playa. Tenía ganas de darme un chapuzón y de tomar un poco el sol, pero la verdad es que me estoy aburriendo. Me estoy aburriendo como una ostra.

Yo quería venir a la playa, sí, pero quería venir con ella. Me sabe mal haberla dejado sola en el hotel, pero es que ya estaba harto de estar allí encerrado.

Se lo he dicho un montón de veces: "Pero, Carmen, si eres muy guapa, si eres guapísima, ¿por qué te da tanta vergüenza que te vean en bañador?"

Al final, después de mucho insistir me ha confesado que es un trauma que arrastra desde que iba al instituto. Me ha dicho que los chicos del instituto se reían de ella y le decían que no tenía pecho.

Dice que algunos eran tan horribles con ella que no la llamaban Carmen, sino "Lisa". Casi se echa a llorar mientras me lo contaba.

Para consolarla un poco la he abrazado y le he dicho, primero, que a mí me parece guapísima.

Segundo, que a mí me da igual si tiene las tetas grandes o pequeñas **¿Qué más da eso?** ¿Qué más da? Eso no es un problema.

Y en tercer lugar le he dicho que tendría que olvidarse de lo que le pasó con los chicos de su clase, que eso son travesuras de mal gusto típicas de adolescentes; que ella ya es una mujer adulta y que no debería dejarse influir por lo que unos adolescentes malcriados le decían en el instituto; que nadie en la playa está pendiente de si ella tiene las tetas más grandes o más pequeñas...

Nada. No ha habido manera. Que no, que no y que no. Me ha dicho que la dejase en paz, que ella quería quedarse en la habitación y que no pensaba venir conmigo a la playa.

Le he dicho una y mil veces que en la playa hay de todo. Hay gente más guapa y gente más fea; hay gordos y hay delgados; hay gente más joven y hay gente más vieja; hay gente que tiene pechos más grandes y hay gente que tiene pechos más pequeños.

Nada de eso es un problema. Nada de eso es realmente importante. Da igual, da lo mismo. Somos todos iguales. Aquí venimos a divertirnos y a pasarlo bien. Que la vida son dos días y hay que disfrutar mientras podamos.

Nada. No ha habido manera. Que no, que no y que no. No ha habido manera de convencerla para que se bajara conmigo a la playa. Por más que le he dicho, por más que le he rogado, por más que le he suplicado, no ha habido manera de convencerla de que se pusiera el bikini ni de que se viniera a la playa conmigo.

Y allí se ha quedado, leyendo un libro. Sola en la habitación. Más sola que la una. Me sabe mal, pero…

Esta playa está muy bien y se encuentra a solo dos pasos del hotel. Hoy por suerte no hay demasiada gente y hace un buen día. El sol brilla en el cielo, no hay ni una sola nube, hace calor, el agua del mar está limpia y cristalina. **Dan ganas de** bañarse, de darse un chapuzón, de dar un paseo por la orilla, de tumbarse a tomar el sol en la arena… ¡Se está tan bien aquí!

Sí, se está bien aquí, pero yo no estoy tranquilo. No puedo estar tranquilo sabiendo que Carmen está sola encerrada en la habitación del hotel.

Es una pena no poder disfrutar este día los dos juntos. Yo aquí, solo, y ella allí, sola. Me sabe mal; me sabe muy mal por ella porque sé que está sufriendo. Me duele verla así.

Quisiera echarle una mano. Me gustaría hacer algo para ayudarla a superar ese trauma. Sí, tengo que pensar en algo para hacerla feliz, para que se olvide de ese problema.

Todavía no sé qué puedo hacer, pero algo tengo que hacer. Lo que haga falta. Lo que sea. Yo con tal de ver feliz a Carmen soy capaz de lo que sea.

EL MISMO DÍA, POR LA TARDE

Son las siete de la tarde y todavía no he vuelto al hotel. He venido a dar una vuelta por el puerto. Carmen me está esperando para cenar, pero no tengo ganas de volver.

He venido a dar una vuelta y a echar un vistazo a los barcos que hay aquí atracados. Después de tanto tiempo sin salir de la habitación, quiero disfrutar de este día al aire libre.

Además, llevo toda la tarde llamando a clínicas de cirugía estética y recogiendo información sobre cuánto cuesta una operación para aumentar el pecho.

Al final, después de darle muchas vueltas a la cabeza, después de pensarlo mucho, he llegado a la conclusión de que tal vez lo mejor sea que Carmen se opere y que tenga el pecho que ella quiere; que se haga el pecho tan grande como ella quiera.

Al fin y al cabo, eso es lo importante: que ella sea feliz y que se sienta bien consigo misma.

Me resulta imposible convencerla de que no necesita agrandarse el pecho. Se lo he dicho un montón de veces: "A mí me gusta como eres". Pero ella, ni caso, **como el que oye llover**.

Dice que cuando se mira en el espejo del cuarto de baño se ve fea, poco atractiva, y piensa que todo el mundo la mira; que la gente cuchichea a su alrededor y que se burlan de ella porque es muy lisa. Vamos, que no hay manera de convencerla de que es una mujer guapa.

En fin, si eso la hace feliz…

He estado informándome y cuesta caro. Una operación para agrandar el pecho cuesta bastante dinero.

Yo no sabía nada de este tema y me he quedado un poco sorprendido con lo que he averiguado. La operación, en total, incluyendo todos los gastos, costaría unos 50 mil euros: 25 mil euros cada pecho. Es mucho. A mí me parece mucho.

En algunas clínicas cobran menos. He hablado con algunas clínicas de cirugía estética un poco más baratas, pero **no me fío.** No creo que valga la pena ahorrar dinero en una cosa así. Mejor pagar un poco más, pero estar seguros de que Carmen estará bien y de que recibirá el mejor trato posible.

Además, a mí también me interesa que Carmen quede bien al final y que le pongan un buen pecho. Ya que se hace la operación, pues, oye, que sean unas buenas tetas que nos gusten a los dos, ¿no? La operación se la va a hacer ella, vale, pero al final las tetas las vamos a disfrutar los dos.

He venido a dar una vuelta por el puerto. Carmen me está esperando para cenar, pero antes quería echar un vistazo a los barcos que hay aquí atracados.

Yo tengo un sueño. Bueno, mejor dicho, yo tenía un sueño. Adoro el mar y me hubiera gustado mucho tener un barco, aunque fuera un modesto barquito de vela.

De hecho, estaba ahorrando para comprarme uno. Llevo varios años ahorrando un poquito cada mes y ya tenía algún dinerito en el banco.

No mucho, claro, porque el salario de un modesto profesor de español **no es como para tirar cohetes**, pero, bueno, recortando un poco de gastos por aquí y recortando un poco de gastos por allí, al final había logrado tener unos ahorritos en el banco.

Estoy hablando en pasado porque mi sueño de comprarme un modesto barquito es algo del pasado. Esta tarde, después de darle muchas vueltas, he decidido que voy a gastarme todos mis ahorros en la operación de Carmen.

Sí, eso es lo que voy a hacer: le voy a comprar a Carmen unas tetas nuevas.

Si lo del barco no puede ser, pues no puede ser. No pasa nada. Yo soy así. Me he enamorado de Carmen y no me importa gastar el dinero en algo que yo sé que la va a hacer feliz. Eso es para mí lo más importante: que ella sea feliz.

Yo, con tal de que Carmen esté contenta, hago lo que sea; hago lo que haga falta. No me importa el dinero, no me importa el barco, no me importa nada. Solo me importa ella.

Y si ella para ser feliz necesita unas tetas nuevas, pues yo se las compro. Yo le compro a Carmen unas tetas nuevas. Ya está. Lo he decidido.

Cuestan carillas, la verdad. 50 mil euros. 25 mil euros cada teta. Espero que por lo menos sean unas tetas de calidad.

Hace un rato he hablado por teléfono con Carlos. Yo ya sabía lo que me iba a decir. Me ha dicho que soy tonto, que cómo se me ocurre, que es una chorrada, que Carmen me está tomando el pelo…

Eso me ha dicho: "Juan, esa tía te está tomando el pelo. Se ha dado cuenta de que estás atravesando la crisis de la mediana edad; que echas de menos tu juventud y que tienes miedo de hacerte viejo. Está claro que la tía se ha dado cuenta de que este año has pasado por una mala racha y se quiere aprovechar de que te encuentras muy débil emocionalmente para sacarte el dinero".

Yo ya lo sabía. Yo ya sabía lo que me iba a decir. No entiende nada. El tío piensa mal de todo el mundo. Es un malpensado.

Para él, detrás de cada sonrisa, detrás de cada gesto amable de cualquier persona se esconde una mala intención. Según él, nadie da nada por nada. Todo el mundo busca algo. El tío no se fía de nadie. Es un desconfiado. De hecho, su refrán favorito en español es: "Piensa mal y acertarás".

¡Qué refrán tan feo!

A Carlos **no le cabe en la cabeza** que una chica tan joven, tan guapa y tan inteligente como Carmen se haya enamorado de un tipo como yo. No le cabe en la cabeza, no lo entiende. Según él, ella solo está conmigo por mi dinero.

Es un envidioso. ¡Ya quisiera él estar con Carmen! Eso es lo que a él le gustaría. Por eso me envidia. En el fondo es todo envidia.

Además, yo creo que tiene celos. Las últimas semanas Carlos y yo apenas nos hemos visto. Seguramente se siente herido, traicionado, desplazado.

Y quizás tenga razón. Durante las últimas semanas es verdad que yo **solo he tenido ojos para Carmen** y que me he olvidado un poco de él y de Marta, mis amigos de siempre.

La verdad es que yo no creo que Carmen me esté tomando el pelo, como dice Carlos. En absoluto. Carmen está muy enamorada de mí. Lo veo en sus ojos cuando me mira. Lo siento en su forma de hablar conmigo, en sus gestos y en sus manos cuando me acaricia.

Yo creo que Carmen está muy enamorada de mí, tanto como yo lo estoy de ella. Pero eso a Carlos no le entra en la cabeza; según él, ella solo quiere darme un sablazo y quedarse con mi dinero. ¡Qué mal pensado!

Lo que pasa es que ella no tiene ahora trabajo. Antes curraba en una tienda de ropa. De hecho, yo la conocí en las Rebajas de Enero, cuando ella estaba de dependienta y yo fui a descambiar el gorro que me habían traído los Reyes Magos. ¿Te acuerdas, querido lector?

Pero ya no trabaja allí. Ya no tiene curro. Lleva varios meses en paro y se le ha terminado el dinero que tenía ahorrado. **Ella no se podría costear** la operación del pecho.

Sin embargo, yo sí tengo dinero. No mucho, un poco, pero tengo más dinero que ella en este momento. Estoy seguro de que ella haría lo mismo por mí si fuese necesario. Cuando se tiene pareja es así: "Lo mío es tuyo y lo tuyo es mío".

Además, la voy a enchufar en la universidad. Ahora en septiembre voy a llamar a Paco, mi jefe, y le voy a pedir que la meta a trabajar de profesora de español.

¡Claro que sí! ¿Por qué no? Al fin y al cabo es una nativa. Es verdad que no tiene ni idea de metodología y que no sabe cómo se da una clase de idiomas.

Y es verdad que tampoco tiene ni idea de gramática. Vamos, yo creo que no sabe lo que es un adverbio, lo que es un pronombre... Pero no importa, da igual: ya se lo explicaré yo mismo. Lo importante es que se ponga a currar cuanto antes.

Sí, ya lo he decidido. La voy a enchufar en la universidad como profesora de español. ¡Va a ser fantástico currar los dos juntos!

Lo mejor de todo será ver la cara que pondrá Alfred cuando me vea aparecer en la universidad al lado de una chica guapa, mucho más joven que yo y tan simpática y divertida. ¡Se va a morir de envidia!

Vocabulario 8

Que si patatín y que si patatán: usamos esta expresión cuando alguien continúa repitiendo durante un tiempo las mismas ideas.

¿Qué más da eso? Es una expresión similar a ¿qué importancia tiene? ¿Qué importa?

Dan ganas de (+ infinitivo): expresión similar a "apetece". En nuestra historia, a Juan le dan ganas (le apetece) bañarse en el mar.

Como el que oye llover: esta expresión se dice para describir a una persona que ignora lo que le decimos, que no nos hace caso. Por ejemplo, si le pido a mi hijo que haga los deberes y él continúa jugando con el ordenador, puedo decir: "le he dicho que haga los deberes, pero él, nada, como el que oye llover".

No me fío: fiarse significa confiar. En este caso, Carlos, el amigo de Juan, no se fía de nadie, es decir, no confía en nadie. Piensa que todo el mundo tiene malas intenciones.

(no es) **Como para tirar cohetes:** se dice que algo "no es como para tirar cohetes" cuando hablamos de algo negativo. Los cohetes son los fuegos artificiales que se tiran en las fiestas y celebraciones. Si, por ejemplo, en nuestro país hay una crisis económica, podemos decir "la situación económica del país no es como para tirar cohetes".

También se puede usar esta expresión para hablar de algo positivo, pero no demasiado positivo: "este libro no está mal, pero tampoco es como para tirar cohetes".

No le cabe (entra) en la cabeza: no entiende, no logra comprender.

Solo he tenido ojos para Carmen: solo he prestado atención a Carmen.

Ella no se podría costear (algo): ella no se lo podría permitir. No lo podría pagar.

Septiembre

EN EL PUERTO, ANTES DE PARTIR

Carmen y yo estamos en el puerto, esperando para abordar un barco que nos va a llevar a una isla. Se trata de una isla privada, propiedad de la clínica de cirugía estética donde Carmen se va a operar.

Es una clínica muy cara (no quiero ni pensar en toda la pasta que tendré que pagar), pero nos han dicho que es muy buena.

Imagínate, querido lector, la cantidad tan enorme de dinero que deben de ganar los de la clínica para haber comprado una isla. Los tíos **se deben de estar forrando**. En fin…

Pero a mí no me importa el dinero; me da igual. Yo solo quiero lo que sea mejor para Carmen. Yo por Carmen hago lo que haga falta.

El problema es que hoy hace mucho viento y seguramente el barco se va a mover mucho. Espero no marearme. Yo siempre me mareo cuando viajo en barco.

Los de la clínica nos han dicho que la operación va a ser algo muy fácil y rápido, que en cuestión de un par de días todo estará solucionado y que no habrá ningún problema.

Eso espero. Tengo ganas de terminar con este rollo de la operación lo antes posible.

Estamos a punto de embarcar. ¡Qué nervios!

EN EL BARCO

Me estoy mareando. Como me temía, el barco se balancea mucho de derecha a izquierda y de izquierda a derecha. Si hubiera sabido que hoy haría este viento me habría traído unas pastillas contra el mareo.

Ya estamos llegando a la isla donde se encuentra la clínica. No parece muy grande desde aquí. Hemos tardado unas dos horas en llegar. Es una isla que está un poco perdida en medio del mar.

EN LA ISLA

Acabamos de desembarcar. Menos mal. Ya no soportaba más estar a bordo del barco. He vomitado tres veces. La última vez en las rodillas de Carmen. Pobrecita. Me ha mirado con cara de asco, pero no ha dicho nada. Es una santa.

Aquí en la isla hay mucha más gente de lo que yo pensaba. ¿Habrán venido todos a operarse? Espero que no. Me habían dicho que era una clínica muy cara y exclusiva a la que no todo el mundo tenía acceso. Ya no estoy tan seguro.

Me pregunto dónde estará la clínica. Yo aquí no veo nada. También me pregunto quién habrá tenido la genial idea de construir una clínica de cirugía estética en una isla desierta en medio del océano.

AL CABO DE UN RATO

He hablado con algunas de las personas que venían conmigo en el barco. Les he preguntado si ellos también tienen cita en la clínica. Son todos extranjeros. No he entendido nada de lo que me han dicho.

Viendo mi confusión, un tipo que hablaba español con acento extraño se me ha acercado y me ha tranquilizado diciéndome que, efectivamente, por aquí, un poco más adelante, se encuentra la clínica de cirugía estética.

Me ha dicho que no me preocupe, que todos los que acabamos de desembarcar vamos allí, que esté tranquilo y que simplemente siga a la gente.

Yo estoy flipando. No me esperaba que hubiera tanta gente. Pensaba que era una clínica muy exclusiva y un poco secreta, pero aquí hay más gente que en una playa de Benidorm el quince de agosto.

Y aparte de que la clínica es muy cara, es que además hemos tenido que pagar el viaje también. Bueno, "hemos" no. He tenido que pagarlo yo. Carmen, pobrecita, está sin curro y **no tiene donde caerse muerta**.

Por el momento no veo nada. Aquí no hay nada. No hay ninguna aldea, ningún pueblo, ninguna casa, ninguna construcción… Ningún signo de vida. Solo rocas. En esta isla no parece que viva nadie. Las únicas personas que he visto son las que venían conmigo en el barco.

Ni siquiera hay árboles ni ningún tipo vegetación. Solo rocas. Rocas de color gris. Es un paisaje lunar. Si estuviera solo, tendría la impresión de haber llegado a la luna.

Yo voy a hacer lo que me ha dicho el tipo de antes, el que hablaba español con acento raro. Voy a seguir a toda esta gente que continúa caminando adentrándose en la isla, dejando el mar a la espalda.

HABLANDO CON LA GENTE

He hablado con algunas chicas. "Hablar" es un decir. Nos hemos entendido por señas, usando las manos y las expresiones de la cara.

A mí **se me da muy bien** usar la mímica y el lenguaje corporal. Bueno, en realidad a todos los profesores de idiomas se nos da bien la mímica. Estamos acostumbrados a tener que comunicarnos con gente que no habla nuestro idioma.

Todas las chicas que he visto son extranjeras y ninguna hablaba español, pero me ha parecido entender que muchas han venido a operarse la nariz.

También he hablado con algunos hombres, todos extranjeros. Me ha parecido entender que han venido a operarse las orejas. Los he mirado de cerca y, efectivamente, todos tenían orejas de soplillo, muy grandes y salidas como las orejotas de los elefantes.

También hay calvos. Hay muchos hombres calvos que vienen a ponerse pelo. Parece que es una clínica muy famosa entre los calvos. Supongo que están hartos de que les tomen el pelo (un chiste fácil, ya lo sé, pero no he podido evitarlo).

También he visto muchas chicas que vienen a cambiarse el tamaño de los pechos. Las que los tienen grandes, los quieren pequeños; las que los tienen pequeños, los quieren grandes. Parece que nadie está contento con lo que tiene.

A mí todo esto me parece un poco ridículo. No es necesario. Yo no soy perfecto, pero nunca me sometería a una operación de cirugía estética para cambiarme la nariz o para cambiarme las orejas o la boca. Así he nacido y así quiero morirme. ¿Qué necesidad hay de cambiar lo que Dios o la naturaleza nos ha dado?

Bueno, voy a seguir caminando; no quiero perder a Carmen. Por cierto, hace rato que no la veo. ¿Dónde estará? ¿Dónde se habrá metido? La perdí de vista cuando me puse a hablar con la gente. Yo me quedé atrás tratando de comunicarme con los extranjeros mediante gestos y ella continuó caminando hacia el interior de la isla.

Si quiero alcanzarla tendré que darme prisa. La tía, como es tan joven, camina mucho más rápido que yo. Voy a seguir caminando a paso ligero a ver si la alcanzo. Ya no debe de estar muy lejos.

UN PAISAJE ESPECTACULAR

El paisaje no se parece a nada que yo haya visto antes. No sé por qué, me recuerda un poco esas imágenes que se han visto tantas veces de los primeros astronautas que pisaron la luna.

El territorio es muy liso y muy seco. No hay ninguna montaña. No hay casi vegetación. Aquí no lloverá mucho, supongo. Menos mal que me traje la gorra porque **el sol pega muy fuerte**.

A mi alrededor solo se ven enormes rocas grises que se amontonan unas sobre las otras para formar esculturas y figuras extrañas.

Es todo un poco tétrico y misterioso. No me gustaría estar aquí solo y menos aún de noche. Me daría mucho miedo. Menos mal que no estoy solo.

Llevo un rato pensando en toda esta gente que viene aquí a operarse. Me parece que esto de la cirugía estética es un negocio increíble.

Hay un montón de gente que vienen a esta clínica privada, que por cierto todavía no sé dónde está, para cambiarse algo.

Para cambiarse la nariz, para cambiarse el pelo, para cambiarse las orejas, la boca, el cuello, el pecho... El culo también, supongo. Supongo que alguno habrá venido a operarse el culo, claro, ¿por qué no?

Estoy flipando con la cantidad de gente que ha venido a hacerse alguna operación. Parece una escena futurista de una de esas películas de ciencia ficción que están tan de moda ahora.

Tengo la impresión de estar en medio de una peregrinación medieval de tullidos, enfermos y leprosos en busca de un milagro.

Todos van en grupos. Me parece que Carmen y yo somos los únicos que hemos venido **por nuestra cuenta.** El resto parece que vienen en grupos organizados, provenientes de países diferentes.

Todavía no he encontrado a nadie que hable español como lengua materna; la mayoría parece hablar lenguas que yo no entiendo y, lo que aún es peor, que ni siquiera puedo identificar.

Hay tanto hombres como mujeres. La mayoría son mujeres, pero también hay hombres, algunos tan guapos que me resulta difícil entender para qué necesitan hacerse ninguna operación de cirugía estética.

Y niños. También hay niños. Yo flipo. ¿Cómo es posible? ¿Cómo es posible?

A mí todo esto me parece una exageración, pero, en fin, si Carmen eso es lo que quiere, pues nada: yo por ella hago lo que haga falta.

Todo esto me va a costar un montón de pasta. Parece un chiste malo, un juego de palabras, pero es verdad: los pechos de Carmen me van a costar un ojo de la cara.

Hay que pagar la clínica, hay que pagar el viaje, hay que pagar la estancia aquí en la isla, la comida… En fin, que sea lo que Dios quiera. Esperemos que el resultado valga la pena.

Voy a ver dónde está Carmen. Hace ya un buen rato que no la veo.

¿DÓNDE ESTÁ CARMEN?

Todavía no la he encontrado. Llevo un buen rato buscándola y no la veo. Estoy empezando a preocuparme.

Quizás ya haya llegado a la clínica. Tal vez me esté esperando allí. Sí, supongo que me estará esperando en el bar de la clínica tan tranquilamente, tomándose una cerveza fresquita.

En este momento daría cualquier cosa por una cerveza bien fría. ¡Qué calor hace! ¡Cómo pega el sol! Menos mal que me traje la gorra.

La he llamado a voces un par de veces: ¡Carmen! ¡Carmen!

Pero no habido ninguna respuesta. Además, creo que no lo he dicho antes, pero por encima de nuestras cabezas sobrevuela continuamente un helicóptero que hace un ruido ensordecedor. Supongo que por eso Carmen no me habrá oído cuando la he llamado.

SI YO TUVIERA ALGÚN PROBLEMA FÍSICO...

Estaba pensando que el problema es que la gente no se acepta; no nos aceptamos como somos.

Yo no tengo ningún problema físico, gracias a Dios. De hecho, la gente dice que estoy bastante bien para mi edad. Debe de ser por eso que yo nunca he sentido la necesidad de cambiar ninguna parte de mi cuerpo.

Yo acepto mi cuerpo tal y como es, pero, claro, para mí es fácil hablar así porque tengo un buen cuerpo y, para mi edad, todavía estoy bastante bien.

Si yo tuviera algún problema físico… Si yo no estuviera contento con alguna parte de mi cuerpo… Si tuviera las orejas grandes o si tuviera la nariz torcida o si tuviera los ojos demasiado pequeños… En fin, si hubiera algo de mi cuerpo que no me gustara, no creo que viniera aquí a cambiármelo.

No, la verdad, no creo que estuviera dispuesto a someterme a una operación de cirugía estética.

En el fondo yo creo que es algo psicológico. El problema no está en nuestro cuerpo, sino en nuestra mente. El problema es que la gente no se acepta. No nos aceptamos como somos. Al menos eso es lo que yo veo en el caso de Carmen.

Ella es guapa. No es la mujer más guapa del mundo, pero está bastante bien. Es una mujer muy guapa. Y a pesar de ser tan guapa, está obsesionada con que tiene las tetas pequeñas y se siente fea. Está todo en su mente; está todo en su imaginación.

Yo ya se lo he dicho no sé cuántas veces, pero no hay manera. La tía insiste en que tiene las tetas pequeñas y que quiere operarse. No ha habido manera de convencerla de que está bien tal y como es ahora; **no he logrado que entrara en razón.**

Por cierto, la isla ya no me parece tan mal. En realidad, es una isla bonita. Cuando bajas del barco te choca un poco este paisaje extraño, tan rocoso, tan gris, tan liso, sin montañas, sin vegetación… Pero ahora, después de un rato, ya me parece mejor. Como todo en la vida, es cuestión de acostumbrarse.

UN RATO DESPUÉS

Estoy un poco preocupado porque llevo ya caminando un buen rato y sigo sin encontrar a Carmen. No la veo por ningún lado. No tengo ni idea de dónde se ha metido. Como es tan joven, seguramente camina mucho más deprisa que yo. Probablemente ya habrá llegado a la clínica.

Estoy un poco enfadado con ella, la verdad. Me podría haber esperado. Al fin y al cabo hemos venido juntos, ¿no? Supongo que estaba muy impaciente por llegar a la clínica y ponerse en manos de los doctores. Pero aún así…

He preguntado a la gente por Carmen. Les he preguntado si han visto a la chica que había bajado del barco conmigo, pero es difícil comunicarse con ellos porque hablan otros idiomas.

Ni siquiera sé qué idiomas hablan. Son extranjeros, pero no tengo ni idea de dónde son ni de qué lenguas hablan.

El tipo de antes, el tipo que **chapurreaba** un poco español, se me ha acercado otra vez y me ha dicho: "Todo está bien, todo está bien."

Vale. Todo está bien, todo está bien, pero... Pero ya hace un buen rato que no veo a Carmen por ningún sitio. Nos separamos un poco después de bajar del barco y ya no he vuelto a verla.

Y tampoco veo la clínica donde se supone que nos están esperando para operar a Carmen. La gente me mira, me sonríe y me dice que "¡todo está bien, todo está bien!" Pero yo no estoy bien. Me estoy empezando a agobiar.

¿Dónde se habrá metido Carmen? ¿Por qué no me habrá esperado?

Estoy harto de caminar. ¿Dónde estará esta maldita clínica?

¡Si lo sé, no vengo!

Si hubiera sabido que todo iba a ser tan complicado, no lo habría hecho. ¡Maldita sea la hora en que accedí a pagar la operación de Carmen!

Encima, es que ni siquiera puedo llamar por teléfono. Estamos en una isla muy lejos de todo. Aquí no hay Internet y el móvil no me funciona.

Si por lo menos hubiera Internet, podría ponerme en contacto con Carmen. Podría mandarle un mensaje o algo, pero es que así no puedo hacer nada. Solo puedo continuar caminando y rezar para que se encuentre bien. Espero que haya llegado antes que yo y que me esté esperando tomándose una cerveza fría en el bar de la clínica.

No me quiero preocupar. Tengo que conservar la calma. Lo más probable es que los extranjeros que caminan conmigo tengan razón y que todo esté bien. Pero es que hace tanto calor y el sol pega tan fuerte a estas horas, que me estoy empezando a sentir mal. No quiero ponerme enfermo.

Llevo caminando un buen rato bajo **este sol de justicia**. Tengo sed, pero no puedo beber agua. Carmen se llevó en su mochila las dos botellas de agua que habíamos comprado en el puerto antes de embarcarnos. **¡Qué mala pata!**

Me gustaría detenerme un poco, hacer una pausa, sentarme un rato... Pero aquí no hay ninguna sombra donde cobijarse. Tengo que seguir caminando.

Esto parece un desierto. ¡Como pega el sol! Normal, estamos en agosto. Menos mal que me traje la gorra, si no ya me habría caído al suelo **desmayado por el calor**.

¿Dónde estará? ¿Dónde estará esta maldita clínica? Y, sobre todo, ¿dónde estará Carmen?

Mira que se lo dije: "¡No te separes, no te separes!" Pero la tía como el que oye llover, no me hizo caso y en lugar de esperarme un poco, hala, a correr. ¿No hubiera sido mejor esperarme? ¿Qué necesidad había de ir echando leches?

UN POCO MÁS TARDE

Ahora estoy un poco mejor. Ya estoy más tranquilo porque he encontrado, por fin, la clínica que estaba buscando.

Se encuentra bastante alejada de la playa. La han construido en el interior de una cueva, que a su vez se encuentra excavada dentro de una roca enorme.

Por eso no la veía. Está muy bien disimulada y se confunde con el paisaje. Es difícil verla aunque la tengas **delante de las narices**, que es lo que me ha pasado a mí. La tenía delante y no la veía. Lo importante es que al final la he encontrado.

Sin embargo, a Carmen todavía no la he visto. He hablado con los médicos y me han comunicado que Carmen llegó hace un buen rato y que está ya ingresada. No he podido verla, pero me han dicho que en cuanto llegó se la llevaron al quirófano sin perder un minuto.

En estos momentos la están operando. Parece que los cirujanos están trabajando contra reloj porque la lista de espera es muy larga.

No me sorprende. Desde que Carmen y yo llegamos a la isla he visto desembarcar al menos otros dos barcos llenos de personas que venían con cita en la clínica para operarse. Supongo que muchos serán familiares y amigos que vienen de acompañantes, pero aún así…

De todas formas, ya estoy más tranquilo. Ahora que sé que Carmen está bien, estoy menos agobiado. Es una clínica privada bastante cara.

Ya lo he dicho: las tetas de Carmen me van a costar un ojo de la cara. Pero lo importante es que ella esté contenta, que se quede contenta con su pecho. Si eso es lo que quiere, pues…

En fin, ahora solo me queda esperar. Vamos a ver qué tal queda Carmen. Espero que todo salga bien. **No veo la hora** de que todo esto termine.

A LA MAÑANA SIGUIENTE

Anoche me quedé dormido en cuanto me eché en la cama. Quería ver un poco la tele o leer un rato, pero me quedé dormido enseguida. Estaba hecho polvo del viaje.

En cuanto me he levantado esta mañana, lo primero que he hecho ha sido ir a ver al médico para preguntarle qué tal fue la operación y pedirle ver a Carmen.

El médico no está disponible. Me han dicho que ha vuelto de nuevo al quirófano y que está realizando otra operación. Solo he podido hablar con una de las enfermeras de la clínica.

Cuando le he preguntado por Carmen, la enfermera me ha dicho que hubo un pequeño problema en la operación y que han tenido que llevársela urgentemente a un hospital fuera de la isla en helicóptero.

¡En helicóptero!

En ese momento pensé en el helicóptero que había visto el día anterior sobrevolando la isla. Entonces comprendí que aquel era el helicóptero que usan para llevarse al hospital más cercano a los pacientes que sufren alguna complicación inesperada.

No obstante, la enfermera me ha asegurado que todo está bien. Me ha dicho que hubo un pequeño imprevisto durante la operación y que el cirujano decidió, por precaución, enviar a Carmen en helicóptero al hospital.

Se trata de un hospital, propiedad también de la clínica, que cuenta con más medios. La enfermera ha insistido en que todo está bien, que no hay ningún motivo para la alarma; que comprende que yo esté preocupado, pero que todo está bien y que Carmen no ha corrido peligro en ningún momento.

Desde que llegué ayer a la isla, todo el mundo me dice "todo está bien, todo está bien". El problema es que yo todavía no he visto a Carmen desde que bajamos del barco.

Por un motivo o por otro, el caso es que aún no la he visto. Y estoy empezando a preocuparme de verdad.

Además, me parece un poco sospechoso que no me hayan despertado para avisarme de que se la llevaban al hospital. La podría haber acompañado en el helicóptero para que se sintiera menos sola. Supongo que la pobre estaría muy asustada.

Viendo mi inquietud, la enfermera me ha repetido varias veces que todo va bien, que esté tranquilo, y me ha negado vehementemente que Carmen haya corrido ningún tipo de peligro durante la operación.

Ha añadido que fue la misma Carmen la que les pidió que no me despertaran y que no me avisaran de nada; que ella quería ir sola en el helicóptero.

¿En serio? Me cuesta creerlo. Me cuesta creer que Carmen les haya pedido que no me despertaran y que no me avisaran de que se la llevaban en helicóptero al hospital. Me resulta difícil creer que Carmen les haya pedido algo así.

Por cierto, también me han comunicado que tendré que pagar el helicóptero y el ingreso en el hospital, que son gastos extra con los que yo no contaba.

De todas formas, el problema principal ahora no es la pasta. En estas circunstancias el dinero importa poco. Lo importante es que Carmen se encuentre bien.

Mira que le dije que todo esto de la operación del pecho era una tontería; mira que le dije que no valía la pena... En fin, ahora ya es demasiado tarde. Que sea lo que Dios quiera.

Me voy pitando para el puerto. Tengo que coger el primer barco de vuelta que haya disponible. No veo la hora de largarme de esta maldita isla cuando antes y encontrar a Carmen **de una vez.**

¡La echo tanto de menos!

Mientras camino en dirección al puerto, no puedo dejar de pensar que aquí **hay gato encerrado.** En toda esta historia hay algo que huele mal. Todavía no sé qué es, pero lo averiguaré.

¡Vaya que si lo averiguaré!

Vocabulario 9

Se deben de estar forrando: en este contexto, "forrarse" quiere decir ganar mucho dinero.

Me estoy mareando: el verbo marearse se usa cuando nos sentimos mal viajando en autobús, coche, barco, etc.

No tiene donde caerse muerta: no tiene nada de dinero. Es muy pobre.

Se me da muy bien: tengo mucha habilidad para hacerlo.

El sol pega muy fuerte: el sol calienta mucho.

Por nuestra cuenta: lo hemos organizado nosotros solos.

No he logrado que entrara en razón: no he logrado convencerla.

Chapurreaba: alquien que "chapurrea" es alguien que habla en otro idioma, pero no muy bien; cometiendo muchos errores y usando frases muy simples.

Este sol de justicia: se usa esta expresión cuando el sol calienta mucho.

¡Qué mala pata! ¡Qué mala suerte!

Desmayado: el verbo "desmayarse" significa perder el conocimiento.

Delante de las narices: muy cerca; delante o enfrente de uno.

No veo la hora: tengo muchas ganas.

De una vez: finalmente, por fin.

Hay gato encerrado: se usa la expresión "aquí hay gato encerrado" cuando sospechamos que una situación no es realmente como parece ser; cuando pensamos que hay algo oculto, que no conocemos.

Octubre

Ya encontré a Carmen! ¡Por fin!

Yo estaba muy preocupado, claro. No sabía qué le había pasado ni cómo estaba. Pero, bueno, al final todo ha terminado bien.

La encontré en el hospital donde la enfermera de la isla me había dicho que la habían llevado.

Carmen estaba muy débil por la operación y por el traslado en helicóptero, pero aparte de eso se encontraba bien, gracias a Dios.

Los médicos nos aseguraron que la operación había sido un éxito, que podía dejar el hospital enseguida y que en unos cuantos días estaría totalmente recuperada.

La besé, me besó, nos abrazamos. Lloramos. Sí, lloramos. Lloramos de felicidad por estar juntos otra vez.

Al final todo ha ido bien, como nos habían dicho. En poco tiempo Carmen se ha recuperado estupendamente de la operación y está muy satisfecha con el resultado final. Y yo también.

No quiero entrar en muchos detalles sobre ese tema porque es algo muy personal. Espero que lo entiendas, querido lector. Solo puedo decir que tanto a Carmen como a mí nos encantan las nuevas tetas y que estamos muy contentos de cómo han quedado.

Como ya he dicho anteriormente, yo no veía la necesidad de hacer esta operación. Para mí, Carmen estaba muy bien tal y como era y no necesitaba cambiarse nada; pero, en fin, ella estaba tan empeñada en aumentarse el pecho que **no tuve más remedio** que ayudarla.

Una operación que, dicho sea de paso, me ha salido carísima, mucho más cara de lo que yo pensaba. No quiero entrar en detalles, pero **la broma** me ha costado un ojo de la cara.

Pero, bueno, no importa. Yo con tal de ver a Carmen feliz soy capaz de lo que sea; yo hago lo que haga falta. Estoy superenamorado de ella.

Esta mañana, por cierto, me ha llegado la factura del helicóptero. El helicóptero en el que la trasladaron al hospital desde la isla donde estábamos. Supercaro. Me imaginaba que sería caro, pero no tanto.

Pero, bueno, eso ahora no es importante. Lo importante es que Carmen está bien de salud, que se ha recuperado estupendamente de la operación y que está feliz con sus nuevos pechos.

Yo también estoy contento. Sí, por un lado es verdad que ahora soy más pobre, pero por otro lado estoy más contento que antes. La felicidad al fin y al cabo es eso: hacer felices a las personas de tu alrededor, a las personas que quieres y que te quieren. Yo soy así. Yo soy feliz viéndola a ella feliz.

¡Ah! Otra cosa: ¡Carmen y yo ahora somos compañeros de trabajo!

Ya he dicho antes que estaba un poco agobiada porque llevaba sin currar varios meses y necesitaba dinero. La pobre lo estaba pasando mal y le hacía falta un curro.

A las chicas jóvenes no les gusta depender de un hombre. Me parece normal. Además, me confesó que le hacía falta un trabajo porque se sentía en deuda conmigo; que **yo había corrido con todos los gastos** de la operación y que quería devolverme al menos una parte de lo que yo había pagado a la clínica de cirugía estética en cuanto empezara a ganar dinero otra vez.

Yo le dije que no hacía falta que me diera nada, pero ella insistió en que se sentiría mejor consigo misma una vez que me hubiera devuelto al menos una parte de lo que yo me había gastado.

Total, que en cuanto Carmen se recuperó un poco fui a la universidad en la que yo trabajo y le hablé a mi jefe.

Le dije que ella podía ser una profesora de español fantástica; que era una gran profesional, que tenía una gran personalidad y que sabría muy bien cómo llevar una clase y cómo relacionarse con los estudiantes.

Además, le dije que era una chica joven y con mucha energía, lo que es muy importante para dar clase de idiomas.

Es verdad. Para enseñar un idioma hace falta ser muy fuerte, tanto física como mentalmente. Meterse en un aula todos los días con quince o veinte chavales jóvenes, no es nada fácil. De hecho, a mí, que cada vez soy más viejo, me cuesta cada vez más lidiar con los chicos en clase.

En fin, el caso es que en la escuela donde yo trabajo hacía falta un profesor de español y, nada, **ni corto ni perezoso** me fui a hablar con mi jefe y lo arreglé todo **en un plis-plas** para que le diera el puesto a ella. Paco y yo nos conocemos desde hace años. Sabía que no me diría que no.

Así fue como enchufé a Carmen en la universidad. La tía, en cuando lo supo, se puso supercontenta.

Me dijo mil veces "¡Gracias! ¡Gracias, Juan! Yo no sé qué habría hecho sin ti. ¡Has cambiado mi vida! Eres el hombre que ha cambiado mi vida. Primero me pagas la operación y ahora me encuentras trabajo." Se notaba que estaba muy feliz.

Y yo también me siento muy satisfecho. Si ella está contenta, yo estoy contento. Si Carmen está feliz, yo estoy feliz. Para mí, lo más importante ahora es que ella esté bien; que se sienta a gusto consigo misma y que esté satisfecha con su vida. Verla feliz, me hace feliz.

Aunque la verdad es que, si soy sincero, la tía no sabe cómo dar clase de español.

No entiende nada de metodología ni tiene la más remota idea de didáctica de la lengua. Normal: no ha seguido ningún tipo de formación como profesora de español.

Tampoco sabe mucho de gramática. Lo que se acuerda de la escuela y poco más. La tía no sabe qué es un adjetivo ni qué es un adverbio; tampoco le preguntes para qué sirve un pronombre y no creo que tenga la menor idea de qué es un verbo reflexivo ni cuál es la diferencia entre por y para o entre ser y estar.

Pero, a pesar de todo, la verdad es que por el momento Carmen está teniendo mucho éxito con los estudiantes de español. La adoran. No tiene ni idea de gramática (a menudo comete incluso faltas de ortografía) ni de cómo se enseña un idioma, pero lo compensa con su alegría, con su energía y con el **buen rollo** que transmite. Los estudiantes están encantados con ella.

De hecho, muchos de mis estudiantes quieren cambiarse de clase y que Carmen sea su profesora. No pasa un día sin que alguno de ellos me diga "Juan, ¿me puedo pasar al grupo de Carmen? Es que yo creo que con ella aprendería mejor."

¡Traidores!

En el fondo yo lo entiendo. Sí, lo entiendo porque... No es solo que sea guapa, que lo es; es que además ella tiene algo especial.

Es una persona muy alegre, supersimpática, muy divertida, sencilla... Es una tía que le cae bien a todo el mundo.

Mi amigo Carlos dice que es un poco "tontita."

No, para nada. Carmen no es tonta. Es un poco infantil, un poco superficial, un poco ingenua, muy alegre, divertida...

No, no es una intelectual, eso es cierto, pero tampoco es que sea tonta. No tiene un pelo de tonta.

Como digo, a los estudiantes les encanta Carmen como profesora de español y muchos quieren cambiarse de clase para estudiar con ella. Y yo lo entiendo. Yo haría lo mismo si fuera estudiante.

Es una de esas personas que transmite alegría. Su voz te da ganas de vivir. Cuando la ves, te pones contento sin saber por qué.

Tiene una sonrisa que le ilumina la cara. Cuando entra en una habitación, la llena con su presencia, como si de pronto alguien hubiera encendido la luz.

No me extraña que los estudiantes la adoren, aunque no tenga ni idea de gramática.

MUERTO DE ENVIDIA

Alfred se quedó de piedra cuando se la presenté. Fue tal y como yo me lo había imaginado. El tío no se esperaba que yo tuviera una novia tan guapa, tan joven, tan alegre, tan simpática y tan divertida como Carmen.

Cuando la vio se le pusieron los ojos grandes como platos. La miró de arriba abajo con la boca abierta como un idiota. No sabía qué decir. Se quedó boquiabierto. Se puso tan nervioso que no le salían las palabras de la boca.

Es que Carmen es muy guapa y ahora, con la operación que se ha hecho, incluso más guapa que antes.

Total, que Alfred se está muriendo de envidia. Y yo que me alegro. Me alegro, sí, porque a mí el tío me cae fatal. No lo soporto.

Es un chulo. Un tío muy arrogante y vanidoso. Está muy creído de sí mismo: se cree que todo lo que hace lo hace bien y mejor que nadie; piensa que nunca se equivoca, que siempre tiene razón, que sabe todo de todo…

Y además se cree que es el mejor profesor de español de la universidad donde trabajamos; dice que sus clases son las mejores y que sus estudiantes son los que hablan español mejor.

En fin, que es un chulo insoportable. Yo por lo menos no lo soporto. Me parece un tío muy vanidoso, un creído, muy arrogante…

Pero lo que más rabia me da es que el tío tiene un éxito tremendo con las mujeres. Cada año tiene una novia nueva. Siempre lo veo rodeado de chicas guapísimas.

Todas las estudiantes lo adoran. Lo llaman "¡Alfred, Alfred! ¡Porfi, explícanos la diferencia entre ser y estar! ¡Porfi, Alfred, enséñanos la diferencia entre por y para! ¡Porfi, Alfred, explícanos el subjuntivo!"

¡Qué horror!

(**Dicho sea de paso**, yo odio a la gente que dice "porfi" en lugar de por favor. No soporto acortar las palabras. Me revienta que se diga "finde", en lugar de fin de semana, "peli" en lugar de película, "profe" en lugar de profesor... No lo soporto, es superior a mí).

Total, que Alfred me cae fatal. No sé si te has dado cuenta, querido lector, pero el tío me cae muy gordo.

No soporto ver a todas esas chicas (la mayoría estudiantes, pero también algunas profesoras) que van diciendo por ahí: "¡Ay, Alfred! ¡Qué guapo, qué guapo!"

El tío se pasa dos horas en el gimnasio cada día. Y luego va a una sauna. Y de vez en cuando a una masajista. También hace yoga y pilates varias veces a la semana.

En fin, que el tío está enganchado a todo ese rollo del "fitness".

El "fitness", sí. El tío no dice "estar en forma", como decimos todas las personas normales. No, eso sería demasiado vulgar para él. El tío dice "fitness".

Esa es otra manía suya que yo no soporto. Alfred, cuando habla en español dice un montón de palabras en inglés de forma innecesaria. En lugar de decir deporte, dice "sport"; en lugar de gimnasio, dice "gym"; en lugar de ¡qué chulo! o ¡qué guay! dice "cool".

A mí me resulta absolutamente insoportable. Yo no sé por qué tiene tanto éxito con las mujeres.

Además, el tío se ha hecho un montón de tatuajes. Tiene tatuajes por todo el cuerpo. Se ha hecho tatuajes en los brazos, en los muslos, en el pecho, en el cuello…

Pero no son tatuajes bonitos. Son dibujos horribles. Mal hechos. Mal dibujados. Parece como si se los hubiera hecho alguien que lo odiase con toda su alma.

Cada vez que lo veo tiene un tatuaje nuevo. Tiene tantos tatuajes y son tan feos que su cuerpo parece la puerta del váter de uno de esos bares de mala muerte donde Carlos y yo íbamos de jóvenes a emborracharnos.

¡Qué hortera! ¡Qué cutre!

Y sin embargo, a las tías les encanta. Dicen: "¡Ay! ¡Qué guapo! ¡Ay! ¡Qué sexi!" Yo no sé qué le ven, sinceramente. No me explico por qué les gusta tanto.

Y encima es superfalso. **El tío va de guay**. A menudo repite todas esas frases tontas que lee en Facebook, del tipo:

"Si quieres, puedes"
"Sigue a tu corazón, persigue tus sueños"
"No te equivocas, aprendes"
"Si te caes, vuélvete a levantar"

No soporto todas esas frases superguays, supermotivadoras, superpositivas… ¡Las odio con toda mi alma!

¿Te imaginas, querido lector, lo que sería trabajar con alguien así?

¿Te puedes imaginar lo que es estar todo el día con alguien tan guay, tan chulo, tan "cool" tan superpostivo y tan supermaravilloso?

Pues eso es lo que yo vivo todos los días. Eso es lo que yo tengo que soportar cada día.

Por eso quería presentarle a Carmen. Para darle rabia; para que viera que yo también puedo tener una novia guapa, joven y simpática; para que se enterara de una vez de que él no es el único que tiene éxito con las chicas; para que comprendiera que yo, a mi edad, también tengo cierto atractivo y puedo enamorar a una mujer.

Estaba deseando presentarle a Carmen para que se enterase de que yo no necesito ir al gimnasio para conquistar a una mujer; ni tampoco tengo que estar delgado, ni hacer yoga, ni decir palabras en inglés, ni llenarme el cuerpo de tatuajes cutres.

Con mi encanto natural, a mí no me hace falta nada de eso para conquistar a una mujer.

Total, que no veía la hora de presentarle a Carmen para que el tío se enterase de una vez de que quién soy yo. Seguramente ahora ya lo sabe.

Pero basta de hablar del tío ese. No se merece que le prestemos tanta atención. Vamos a hablar de cosas más alegres.

REGALOS DE CUMPLEAÑOS

Hace unos días fue mi cumpleaños. ¿Y sabes lo que me regaló Carmen, querido lector? ¿Sabes cuál fue el regalo que me hizo Carmen para mi cumpleaños?

¡Unas zapatillas! ¡Unas zapatillas para estar en casa!

¿A quién se le ocurre? ¿A quién se le ocurre regalarle a tu novio unas zapatillas de estar en casa como regalo de cumpleaños?

Si yo fuera una mujer, a mi novio le regalaría una chaqueta bonita o tal vez un viaje de fin de semana a Barcelona o quizás un par de entradas para ir a un concierto juntos...

En fin, no sé, algo así. ¡Pero no unas zapatillas para la casa! ¿A quién se le ocurre?

Además, es que son muy feas. Son horribles. Ni siquiera son unas zapatillas bonitas. No son ese tipo de zapatillas antiguas que se solían llevar antes. No son las zapatillas tradicionales de toda la vida. No.

¡Ojalá fueran así!

Me ha regalado un par de zapatillas de esas que van ahora tan de moda, con la cara de un animal en la parte superior de cada pie.

Creo que es un gato, pero no estoy totalmente seguro. Sí, creo que son dos gatos, uno en el pie izquierdo y otro en el pie derecho. Con sus bigotes y todo. Y orejas que les sobresalen a los lados.

Son ridículas, son las zapatillas de estar en casa más ridículas que he visto en toda mi vida. Y yo me siento ridículo cuando me las pongo. Normal.

Cuando abrí el regalo delante de ella y las vi, pensé "¡Qué horror!" Pero, claro, no le dije nada. Intenté fingir alegría y le dije "¡Ay! ¡Qué bonitas! ¡Qué divertidas! ¡Qué chulas! ¡Y qué cómodas! ¡Me encantan! Son fantásticas! ¡Muchísimas gracias! ¡Me encantan los gatos!".

Yo odio los gatos y las zapatillas me parecían ridículas, pero a ella no le podía decir eso. Ponte en mi situación, querido lector. ¿Tú que habrías hecho si hubieras estado en mi lugar?

Pobrecita. Estaba tan ilusionada cuando me dio el regalo. A ella le encantan. Le habría sentado fatal si le hubiera dicho lo que pensaba de verdad. Se habría quedado hecha polvo si le hubiera dicho lo que realmente me parecían las zapatillas. Eso habría sido demasiado cruel por mi parte.

Dice Carlos que a lo mejor era un regalo que alguien le había hecho a ella antes y que como a ella seguramente tampoco le gustaban, pues me las había regalado a mí. Así se ahorraba mi regalo de cumpleaños.

¡Qué tío! ¡Qué malpensado! El cabrón piensa mal de todo el mundo.

Cuando yo le digo que pensar mal de todo el mundo es algo muy feo, me suelta ese refrán tan horrible: "¡Piensa mal y acertarás!".

En fin, que diga lo que quiera. Carlos está convencido de que Carmen solo está conmigo por mi dinero, para sacarme toda la pasta que pueda, y que cuando haya acabado con mis ahorros se largará con otro y me dejará con el corazón destrozado, hecho polvo. No hay quien le saque esa idea de la cabeza.

Lo que sí es cierto es que las zapatillas son horribles. Cuando estoy solo en casa no me las pongo nunca. Me siento ridículo. No me parece serio. Al fin y al cabo yo soy profesor de universidad. No lo olvidemos.

Pero, eso sí, siempre que viene a mi casa me las pongo, ¿eh? Siempre que Carmen viene a verme me las pongo para que vea que me gustan.

En fin, son pequeños sacrificios que hay que hacer cuando uno está enamorado, sobre todo cuando uno está enamorado de una mujer hortera. Porque hay que reconocer que Carmen es un poco horterilla, ¿eh? Sí, es un poco hortera. Hay que reconocerlo. No tiene buen gusto.

Su cumpleaños es en noviembre. El próximo mes.

El problema es que después de todos los gastos que he tenido con su operación y luego con el sablazo del helicóptero, casi no me queda pasta en el banco. Por eso me dije que lo mejor sería regalarle algo de ropa.

Primero pensé que le podía regalar una falda o un vestido bonito o tal vez unos zapatos o algo de ropa interior…

De repente **caí en la cuenta:** ¡Un sujetador! Lo mejor que puedo regalarle es un sujetador. ¡Claro! ¿Cómo no se me había ocurrido antes? ¡Un sujetador!

Ese es el regalo ideal para Carmen en este momento: un sujetador bonito y sexi para sus nuevos pechos. Bonito, pero tampoco demasiado caro porque yo ahora no me puedo permitir ningún lujo.

Quería comprárselo antes de que terminasen las rebajas. Ahora hay rebajas en algunas tiendas de ropa, pero sin saber su talla no podía comprarle nada.

Tenía que averiguar la talla de Carmen y tenía que hacerlo deprisa.

De pronto tuve una idea. Recordé que me había dicho que se iba con unas amigas a pasar el fin de semana en Barcelona. Iba a ir el viernes por la tarde y el lunes ya estaría de vuelta. Total, tres días.

Entonces, ideé un plan.

UN PLAN PERFECTO

Resulta que a Carmen ahora **le ha dado por** ver videos en YouTube para aprender a maquillarse, a vestirse, a hacer ejercicios de Yoga, a hacer dieta para perder peso…

En fin, no sé si será por influencia de Alfred, pero últimamente está superinteresada en todo lo que es "fitness" y, encima, ella también ha empezado a usar palabras en inglés como "look", "style", "cool"…

El caso es que un día, mientras estaba distraída viendo vídeos, aproveché para meterle la mano en el bolso y cogerle las llaves del piso.

Luego bajé sigilosamente a la calle e hice una copia de las llaves. Lo hice todo muy rápido.

Cuando volví, ella seguía sentada en el sofá. Estaba viendo un vídeo sobre tatuajes para chicas. Ahora **se le ha metido en la cabeza** que quiere hacerse un tatuaje en la espalda, cerca del hombro derecho.

Y quiere que yo se lo pague, claro, porque ella **no tiene un duro**. Pero bueno, esa es otra historia que ahora no viene a cuento.

En fin, que la tía no se dio cuenta de que yo le había quitado las llaves del bolso ni de que yo había bajado a la calle, y, claro, ni se enteró de que yo había hecho una copia de las llaves de su piso.

Cuando volví a casa le volví a meter las llaves en el bolso, me guardé en el bolsillo la copia que había hecho y me senté a su lado **como si nada**. La tía no se había dado cuenta de nada.

Quizás no estuvo bien lo que hice, pero eso fue lo que hice.

Ese era el plan: aprovechando que iba a pasar el fin de semana con sus amigas en Barcelona, iría a su casa el viernes por la noche. Abriría la puerta del piso con la copia de la llave que había hecho y averiguaría su talla.

También quería ver qué número de zapatos calza por si las moscas, por si alguna vez se me ocurre comprarle un par de zapatos.

Era un plan perfecto. Sería fácil. Yo estaba tranquilo.

El piso estaba vacío y aunque me cruzara con algún vecino por las escaleras, nadie sospecharía nada extraño puesto que ya me habían visto alguna vez por allí y sabían que yo estaba saliendo con Carmen.

El único problema es que estaba todo oscuro. Cuando llegué no había luz en el piso, no sé por qué.

Quizás había desconectado la luz antes de irse de viaje. No sé. Hay gente que cuando se va de viaje desconecta el gas, el teléfono y la electricidad de la casa.

Bueno, no sé si esa fue la razón, pero el caso es que cuando llegué no había luz en el piso de Carmen y todo estaba a oscuras. No se veía nada. No era fácil orientarse tan solo con la luz del móvil.

De repente, encima de un mueble vi... ¿Sabes qué vi, amigo lector?

¡Una calavera!

Me dio **un susto de muerte**.

Imagínate la situación, querido lector. Allí, yo solo en medio de la oscuridad, de repente, nada más entrar en el piso, a escondidas, como un vulgar ladrón, intentando no hacer ningún ruido para que los vecinos no sospecharan nada, manteniendo la respiración…

De repente me encuentro delante de mí los ojos vacíos de una calavera que me miran fijamente. Fue terrible. Casi me dio un ataque al corazón.

Luego caí en la cuenta de que unos días antes de irse, Carmen me había dicho que le encantaba Halloween y que había comprado un montón de cosas para decorar su piso.

Pero yo ya me había olvidado de eso y cuando nada más entrar vi la calavera me llevé un susto de muerte. Me dio mucho miedo, no me lo esperaba.

Y no solo había una calavera. La tía había dejado toda la casa llena de objetos de terror, muy macabros, para celebrar Halloween.

Había esqueletos colgados en el pasillo, huesos de muertos en la mesa del comedor, sangre **de pacotilla** en la cocina…

Estar solo en una casa que no es tu casa, a oscuras, rodeado de objetos macabros, impresiona. Quizás sea una tontería, pero me empezó a dar miedo.

Había chorradas de Halloween por todas partes, en todas las habitaciones. Y a mí la verdad empezó a darme un poco de **repelús**.

Me empezaron a dar escalofríos. Allí, yo solo, en silencio, a oscuras, con todas aquellas cosas horribles que había por toda la casa…

Tengo que reconocer que yo no he sido nunca un hombre muy valiente. Siempre he sido muy miedoso. A mí de niño me daba mucho miedo la oscuridad.

Soy una persona muy sugestionable. Me sugestiono fácilmente. Creo ver caras en las paredes; me parece ver figuras que se desplazan sigilosamente en la oscuridad, ojos que me observan…

Me dan miedo las sombras, los espejos, las cortinas que se mueven con el viento… Me sugestiono y cualquier cosa me da mucho miedo.

Menos mal que con la luz del móvil al menos podía iluminar un poco por donde iba pasando.

Me movía con mucha precaución. Iba con el temor de que en cualquier momento saliera algún fantasma por cualquier rincón. Buscaba ropa de Carmen para averiguar su talla. También quería encontrar sus zapatos para ver qué número calza.

Mientras iba de una habitación a otra sentía una presencia, como si hubiera alguien allí conmigo.

Ya sé que es una tontería y que allí no había nadie, pero es que yo soy así de sugestionable. No podía evitarlo. Racionalmente yo no creo en los fantasmas, pero no me gusta estar solo y a oscuras en una casa, sobre todo en una casa que no es la mía.

Sentía como si hubiera alguien allí conmigo; sentía como si me observaran, como si alguien estuviera escondido entre las sombras y me observara en silencio.

A veces me parecía escuchar la respiración de otras personas a mi lado. Ahora me parece todo un poco ridículo, pero la verdad es que me cagué de miedo.

A mí es que en el fondo Halloween nunca me ha gustado mucho, la verdad. A mí me parece más interesante el Día de los Muertos, que es una celebración maravillosa de México. Pero el Día de los Muertos es otra cosa. No tiene nada que ver con Halloween.

Total, que salí de allí pitando. Me fui corriendo del piso de Carmen. Miré la talla de sus vestidos y el número de sus zapatos y bajé las escaleras echando leches.

Al día siguiente le conté a Carlos lo que me había pasado; que había sentido la presencia de alguien en el piso de Carmen. El tío me contestó que si yo había sentido la presencia de alguien a mi lado es porque seguramente había alguien allí a mi lado. Luego, el cabrón se echó a reír. ¡Ja, ja, ja!

Pero, ¿cómo iba a haber alguien allí conmigo? ¡Qué tontería! ¡Qué chorrada! Pero si Carmen estaba en Barcelona; si Carmen se había ido a pasar el fin de semana a Barcelona con sus amigas…

¡Eso es imposible!

Vocabulario 10

No tuve más remedio: no pude evitarlo, estuve obligado a hacerlo.

La broma: en este contexto, "la broma" se usa cuando se paga algo (una comida, un viaje, un regalo, etc) que cuesta mucho dinero.

Yo había corrido con todos los gastos: yo había pagado todo.

Ni corto ni perezoso: de forma muy rápida y sin dudarlo.

En un plis-plas: hacer algo de forma muy rápida.

Buen rollo: en este contexto es similar a buenas vibraciones, buen carácter.

Dicho sea de paso: esta expresión se usa para introducir una idea o una aclaración. Es similar a "por cierto".

El tío va de guay: se usa la expresión "ir de guay" cuando pensamos que alguien finge ser simpatico o agradable, pero realmente no lo es. Cuando alguien quiere dar una impresion de persona agradable, pero es solo una estrategia para conseguir algo.

Caí en la cuenta: comprendí, recordé, me di cuenta de repente, etc.

Le ha dado por: cuando decimos que a alguien "le da por algo" queremos decir que esa persona siente un interés repentino por algo. Por ejemplo, "a Carlos le ha dado por correr todos los días", es decir, tiene un interés nuevo (correr). Normalmente usamos esta expresión de forma despectiva, cuando pensamos que se trata de un capricho, es decir, un interés repentino, infantil y poco duradero.

Se le ha metido en la cabeza: usamos la expresión "meterse en la cabeza" cuando una persona tiene una idea nueva o está convencida de algo. Normalmente tiene un sentido negativo. Por ejemplo, "a Carlos se le ha metido en la cabeza que comer zanahorias es bueno para limpiarse los dientes después de comer. ¡Qué tontería!"

No tiene un duro: no tiene dinero ("duro" era el nombre que se daba a una antigua moneda de España, cuando aún existían las pesetas).

Como si nada: fingiendo que todo es normal, que nada extraño sucede.

Un susto de muerte: un gran sobresalto.

De pacotilla: algo "de pacotilla" es algo falso.

Repelús: una sensación entre el miedo y el asco.

Noviembre

Fue un error. Ya lo sé. Muchos me lo han dicho: no tenía que haber ido a la casa de Carmen sin que ella lo supiera, a escondidas, como un vulgar ladrón.

Lo sé. Eso estuvo mal. Me avergüenzo de lo que hice.

Si pudiera volver atrás en el tiempo, haría las cosas de otra manera. Pero ahora ya no vale la pena lamentarse; por mucho que me arrepienta no puedo cambiar el pasado.

Lo hecho, hecho está.

Pasé mucho miedo aquella noche.

¿Te acuerdas, querido lector?

La casa estaba a oscuras y me llevé un susto de muerte con la decoración de Halloween que Carmen había preparado antes de irse a Barcelona con sus amigas.

Además, yo soy muy sensible y mientras estaba allí sentí la presencia de alguien. Tuve la impresión de que no estaba solo; era como si hubiera alguien más en el piso.

Yo no vi a nadie, pero juro que hubo un momento en el que me pareció sentir en el cuello una respiración, como si alguna persona respirase a mi lado.

Eso era imposible, claro. Seguramente fue todo fruto de mi imaginación.

¿Quién iba a haber allí? Carmen se había ido a Barcelona con sus amigas.

Sin embargo, cuando le conté a Carlos lo que me había pasado, me contestó: "Seguramente Carmen estaba allí con alguien; probablemente con su amante. Al llegar tú, desconectarían la electricidad y los dos se esconderían para que tú no los vieras. Sentiste el calor de sus cuerpos, su respiración, pero no viste a nadie porque el piso estaba a oscuras. Te estarían observando, escondidos detrás de algún mueble".

No me sorprendió la explicación de Carlos. Ya dije antes que es un malpensado; que no se fía de nadie; que, según él, todo el mundo tiene malas intenciones.

El tío piensa mal de todo el mundo. Y Carmen, que nunca le ha caído bien, no es una excepción.

Marta me dijo lo mismo que Carlos: "Seguramente, cuando tú llegaste al piso ella estaba con algún tío. Para que tú no los vieras, apagaron la luz y se escondieron. Tú sentiste una presencia extraña, pero nada de fantasmas ni nada de espíritus. Eso son chorradas. Los fantasmas no existen. La "presencia" que dices que sentiste sería su respiración, la respiración de Carmen y de su amante. Los dos te estarían observando ir de aquí para allá escondidos entre las sombras."

Tampoco me sorprendió la explicación de Marta. Ella también es una malpensada, como Carlos. De hecho, tanto el uno como el otro me han dicho muchas veces que Carmen estaba conmigo sólo por mi dinero.

Yo nunca les he creído porque los dos suelen buscarle tres pies al gato, viendo problemas donde en realidad no los hay.

Por eso, hasta ahora todas sus sospechas y comentarios sobre Carmen me han parecido tonterías y las he achacado siempre a la envidia.

Eso había sido así hasta hace poco.

Sin embargo, recientemente ha pasado algo totalmente inesperado y ya no estoy tan seguro de quién es realmente Carmen.

VÍDEOS DE GATOS

Verás, querido lector, resulta que un viernes por la tarde que estaba yo solo en casa (Carmen se había ido a Sevilla a pasar el fin de semana con sus amigas), me puse a mirar distraídamente vídeos en YouTube.

A mí me encanta ver vídeos de gatos. Cuando me aburro y no sé qué hacer, me pongo a ver alguno de esos vídeos que recopilan muchas escenas diferentes de gatos haciendo tonterías con sus dueños. Puedo pasarme así las horas muertas.

De repente, en una de las escenas, me llamó mucho la atención una chica muy joven que estaba jugando con su gatito.

Era una escena muy divertida: ella intentaba pintarse la boca, pero el gato le quitaba el pintalabios de las manos una y otra vez.

La chica era muy jovencita, casi una niña, y sonreía de una forma que me resultaba muy familiar.

Paré el vídeo y me acerqué a la pantalla del ordenador para verla mejor.

Su cara me sonaba mucho; estaba seguro de que yo había visto antes a aquella jovencita... Pero, ¿dónde la había visto? ¿Quién era?

De pronto caí en la cuenta de quién era: ¡Carmen! ¡Era Carmen!

Me llevé un susto de muerte. Casi me da un ataque al corazón cuando la reconocí. No me cabía la menor duda; se trataba de un vídeo que ella había hecho hacía algunos años, cuando todavía era casi una niña.

Como he dicho antes, se trataba de un video recopilatorio, es decir, era **un corta y pega** de escenas sacadas de otros vídeos.

Debajo, en la descripción, había referencias de todos los vídeos originales.

Busqué el enlace al vídeo del que habían cogido la escena con Carmen y su gatito e hice clic.

Fue así que descubrí su canal. Resulta, querido lector, que Carmen tiene un canal de belleza en YouTube y no me había dicho nada.

¡Qué fuerte!

Como es fácil imaginar, me pasé el resto de la tarde viendo sus vídeos.

Algunos son muy antiguos. Por lo visto empezó con su canal de belleza hace bastantes años. Da consejos sobre cremas, maquillajes, cómo tratarse el pelo, depilarse las piernas...

Me llamó la atención un vídeo en el que da consejos sobre cómo vestirse y cómo maquillarse a las chicas que son un poco lisas, como era ella antes de la operación.

A mí, el que tenga videos en YouTube dando consejos de belleza me parece muy bien, me parece fantástico, pero ¿por qué no me lo había dicho?

Eso fue lo que me dolió. Somos pareja. Somos novios. Si estamos juntos, pues, oye, nos tenemos que contar esas cosas, ¿no? Tenemos que ser sinceros el uno con el otro. Vamos, me parece a mí. Es lo mínimo.

Como es fácil imaginar, aquel fin de semana no hice otra cosa que ver los vídeos de Carmen en su canal de YouTube. Me los vi todos; desde los primeros, desde los más antiguos, cuando era prácticamente una niña, hasta los más recientes.

El último vídeo lo hizo en junio, antes del verano. Fue el que más me llamó la atención. Es un video sobre trajes de baño en el que cuenta que se ha comprado un montón de bikinis.

En el vídeo dice textualmente: "Yo es que soy muy pequeñita de arriba" (quería decir que no tenía mucho pecho). Luego añade que tiene problemas para encontrar un bikini que le vaya bien. Sin embargo, un poco más adelante dice que está muy contenta porque este año ha encontrado por primera vez un bikini rojo que le queda muy bien.

Como ya habrás imaginado, querido lector, se trata del mismo bikini rojo que yo le había comprado antes de irnos de vacaciones. El vídeo termina con algunas escenas de ella **luciéndolo**.

Al verla en bikini en el vídeo me quedé de piedra. ¿No decía que le daba vergüenza ponerse en bañador en la playa, delante de la gente? ¿No se había quedado en la habitación del hotel todos los días porque decía que le daba vergüenza ponerse en bikini en la playa? ¿No decía que estaba traumatizada desde pequeña porque, según ella, tenía el pecho demasiado liso?

¡Ahora resulta que la tía hacía vídeos en YouTube y se ponía en bikini delante de todo el mundo en internet! ¡Qué fuerte! Yo estaba flipando.

No veía la hora de que Carmen volviese de Sevilla. Teníamos que hablar.

Además, en el mismo video la tía dice que hacía mucho tiempo que no iba de vacaciones por motivos de trabajo, pero que este año "el verano promete". Esa frase me llamó la atención.

Cuando alguien dice que algo "promete" quiere decir que espera que vaya a pasar algo bueno. Me preguntaba si no estaba hablando de mí, al decir que el verano prometía.

¿Estaba pensando en el sablazo que me iba a dar con la operación de cirugía estética?

Le enseñé el vídeo a Carlos. Después de verlo, me dijo: "Está claro que la tía tenía un plan para sacarte el dinero desde el principio".

Yo siempre he desdeñado la opinión de Carlos y sus sospechas sobre las malas intenciones de Carmen. Lo he achacado todo a la envidia y a que es un malpensado que siempre le está buscando tres pies al gato.

Sin embargo, aunque me costase admitirlo, poco a poco yo estaba empezando a pensar como él. Había muchas cosas que me parecían muy sospechosas. Me parecía que había gato encerrado. Estaba deseando que Carmen volviese de Sevilla para que me aclarase todo esto. Yo no entendía nada.

Pero es que la cosa no acaba aquí.

El domingo Marta me mandó un video por wasap y me dijo: "A lo mejor te interesa". Era un comercial de la clínica de cirugía estética donde Carmen se había operado este verano.

Me puse a verlo, más que nada por curiosidad. No pensaba encontrar nada interesante.

El anuncio empezaba con una chica rubia que explicaba los diferentes tipos de operaciones y tratamientos que ofrece la clínica. Nada raro, lo normal.

Pero, después, en los últimos segundos del video aparece de repente otra chica, una chica morena, alta, muy guapa. Me resultaba familiar.

De repente, me di cuenta de quién era. Aunque estaba yo solo, no pude evitar dar un grito y exclamar: "¡Coño! ¡Pero si es Carmen!".

Me llevé un susto de muerte. Casi me da un ataque al corazón y me muero allí mismo.

La escena de Carmen dura solo unos segundos y la tía estaba tan maquillada que parecía otra; por eso tardé un poco en reconocerla. Pero luego me di cuenta de que era ella. No había ninguna duda: ¡Era Carmen! ¡Era Carmen después de la operación!

Como te puedes imaginar, querido lector, me quedé de piedra; me quedé estupefacto, me quedé con la boca abierta, me quedé boquiabierto, me quedé alucinando.

O sea, la tía hace publicidad de la clínica donde se había operado y... ¿Y no me dice nada? ¡Qué fuerte! Me costaba mucho entender por qué no me había dicho nada.

Pero es que ahí tampoco acaba la cosa.

Como es natural, me puse a ver todos los videos de la clínica en YouTube y descubrí que Carmen aparece en varios de ellos.

En uno de esos videos Carmen está caminando por un pasillo de una forma muy elegante y sensual, exhibiendo su belleza, como una modelo de alta costura desfilando sobre una pasarela.

Ajeno a todo, en un rincón, casi escondido detrás de unas plantas, se ve fugazmente la figura de un hombre sentado en un sillón consultando su móvil, distraído.

Solo se le ve unos pocos segundos y casi me pasó desapercibido la primera vez que vi el vídeo. Además, el tipo lleva una gorra y no se le ve bien la cara.

Sin embargo, hubo algo que me llamó la atención: su tatuaje en el brazo derecho.

El tipo tenía un tatuaje muy feo en el brazo derecho. Ese tatuaje me sonaba, lo había visto antes…

Entonces me di cuenta de quién era: ¡Alfred! ¡Era Alfred! El tío estaba allí sentado en un rincón de la habitación, esperando a que Carmen terminase de grabar el vídeo.

¡Qué fuerte! Casi me muero del susto. Es que no me lo podía creer. ¡Carmen estaba con Alfred!

Se me cayó el mundo encima. Yo pensé: "¡No es posible! ¡No puede ser! ¡No puede ser que me esté engañando con Alfred!"

Ni en mis peores pesadillas me podía haber imaginado algo así. ¡Con Alfred!

Casi me vuelvo loco. Me pasé toda la noche del domingo al lunes en pie, analizando en detalle todos y cada uno de los videos publicitarios de la clínica.

Al final encontré uno donde Carmen hablaba de la operación, de cómo había ido todo. Estaba más contenta que unas pascuas; parecía muy feliz con sus nuevas tetas, explicando cómo se sentía y cómo había cambiado su vida desde que se había hecho la operación.

A su lado, escuchándola atentamente en silencio, se encontraba Alfred.

¿Cuánto tiempo llevaban engañándome? ¿Cuánto tiempo llevaban riéndose de mí los dos?

¡Vaya con la mosquita muerta!

¡Qué asco! Me dieron ganas de vomitar.

La llamé varias veces, pero no contestaba. Su móvil estaba desconectado. Supuse que todavía no había vuelto de Sevilla.

Como te puedes imaginar, querido lector, yo estaba desesperado. Me sentía engañado; me sentía humillado. La tía se había reído de mí; me había tratado como un imbécil.

Después de todo lo que yo he hecho por ella; después de llevarla a esa isla a hacerse la operación de cirugía estética; después de haber corrido con todos los gastos...

Después de todo eso, coge la tía y se va con Alfred...

Ya sé que es más joven y más guapo que yo, pero yo no me merecía esto. Después de todo lo que he hecho por ella, yo esto no me lo merecía...

Pero la cosa tampoco acaba ahí.

El lunes por la mañana salí de casa muy temprano. Aún no había amanecido y las calles estaban oscuras y desiertas. Quería llegar a la universidad lo antes posible.

El móvil de Carmen seguía sin dar señal y todavía no había podido hablar con ella. No veía la hora de verla. Quería hablar con los dos, con Carmen y con Alfred; necesitaba saber qué había pasado.

Llegué a la universidad más temprano que nunca. Los pasillos estaban a oscuras y las aulas estaban vacías. No había nadie, salvo el recepcionista y el director. Sin embargo, ya era demasiado tarde.

Encontré a Paco en uno de los pasillos. Estaba metiendo monedas en la máquina del café. A pesar de que era tan temprano, no parecía sorprendido de verme. Me saludó como si llevara tiempo esperándome.

Yo estaba muy agitado, claro. Le pregunté por Carmen y por Alfred. Quería saber si los había visto, si habían llegado ya. Le dije que quería hablar con ellos y que…

Paco me escuchaba, pero no me miraba. En aquellos momentos parecía estar más preocupado por su café que por mis problemas con Carmen.

Cogió la taza de plástico con dos dedos, con cuidado para no quemarse, y se la llevó a la boca. Bebió un poco de café y puso cara de asco. El café de la máquina no debía de ser muy bueno.

Finalmente se giró hacia mí. Me miró a los ojos. Me pareció muy serio. Tuve la impresión de que iba a decirme algo importante, algo grave.

Mis sospechas se acrecentaron cuando me puso una mano en el hombro. Tuve miedo. Siempre que alguien me pone la mano en el hombro es para darme una mala noticia.

Y así fue. Mirándome a los ojos con gravedad, casi con pena, Paco me dijo que se habían largado los dos juntos; que el viernes Carmen le había mandado un wasap diciéndole que se iban, que lo dejaban todo: el trabajo, las clases, la ciudad...

Me dijo que se habían ido sin dejar rastro y que no tenía ni idea de donde estaban; que se habían esfumado así, de la noche a la mañana.

¡Y a mí la tía me había dicho que se iba a pasar el fin de semana en Sevilla con sus amigas!

¡Qué fuerte!

Mi jefe estaba muy cabreado porque se quedaba de golpe sin dos profesores de español y tenía que ponerse rápidamente a buscar a alguien que los reemplazara. No me dijo nada, pero por su mirada entendí que **me echaba a mí la culpa de todo**.

Y en parte tenía razón porque, al fin y al cabo, fui yo quien la enchufó. Carmen había empezado a trabajar en la universidad gracias a mí.

¿Te acuerdas, querido lector? En septiembre hablé con Paco para que le diera el trabajo de profesora de español, a pesar de que no tenía ni idea de cómo dar clase.

Fue un error. Si pudiera volver atrás en el tiempo, haría las cosas de otra manera.

Pero ahora ya no vale la pena lamentarse; por mucho que me arrepienta no puedo cambiar el pasado. Lo hecho, hecho está.

Bueno, total, que se han ido los dos juntos. Han desaparecido. Han dejado el trabajo y se han largado.

Creo que ahora se dedican a hacer videos en YouTube de todo ese rollo del *fitness*, la cirugía estética, los tatuajes, cómo maquillarse y todas esas cosas que les gustan tanto a ellos.

Al final, pensándolo bien, creo que están hechos el uno para el otro. Quizás sea mejor así.

En fin, que estoy muy desengañado, muy triste y muy enfadado. Siento que me han engañado, que me han humillado.

Pero a mí estos dos no me conocen. ¡A mí no me toma nadie el pelo! ¡Yo no soy tonto! ¡Yo no tengo un pelo de tonto!

Voy a pensar un plan para vengarme de los dos, de Carmen y de Alfred.

¡Se van a enterar! ¡Se van a enterar de quién soy yo!

Vocabulario 11

Un corta y pega: en el contexto de la historia, se dice que el vídeo es un corta y pega porque se ha hecho con trozos "cortados" de otros vídeos y "pegados" para formar un vídeo nuevo.

Luciéndolo: el verbo "lucir" se usa cuando llevamos ropa que nos gusta mucho mostrar; cuando nos gusta presumir de una prenda de ropa. En este caso, Carmen lucía en su vídeo el bikini que Juan le había regalado.

Se me cayó el mundo encima: esta expresión se dice cuando de repente alguien nos da una mala noticia o nos damos cuenta de que algo terrible nos ha pasado.

¡Vaya con la mosquita muerta! Este dicho se usa cuando descubrimos que una persona (normalmente una mujer) no es tan inocente ni tan buena como pensábamos.

Me echaba a mí la culpa de todo: en el contexto de la historia, Paco pensaba que Juan era el responsable de lo que había ocurrido. "Echar la culpa" a una persona de un problema es creer que esa persona ha causado el problema.

Diciembre

No sé si sabes, querido lector, que el 28 de diciembre celebramos en España el "Día de los Inocentes". Se trata de un día similar al *April Fools' Day* que se celebra en otros países.

En esa fecha se gastan bromas y se toma el pelo a la gente. Son bromas sencillas y bastante inocentes; nada de bromas pesadas o de mal gusto.

La broma o inocentada clásica sería colgarle a alguien una figura recortada de papel en la espalda, sin que la persona en cuestión se dé cuenta.

También es muy típico inventarse **una historia rocambolesca** y hacer que tus amigos o la gente de tu familia **se la traguen.**

El objetivo es siempre hacer pasar a alguien por inocente, es decir, por alguien muy ingenuo que se cree fácilmente cualquier cosa **por inverosímil que esta sea.**

No sé por qué, el 28 de diciembre pasado tenía ganas de gastarle alguna buena inocentada a alguien.

Supongo que Freud diría que yo me sentía humillado por lo que me había pasado con Carmen y que inconscientemente deseaba vengarme del mundo como una forma de liberar mi agresividad reprimida.

Puede ser, no lo sé; yo nunca he entendido mucho de Psicoanálisis. Aunque, pensándolo bien, después de todo lo que me ha pasado este año tal vez debería empezar a buscarme un buen psicólogo.

En fin, el caso es que el 28 de diciembre pasado Carlos me invitó a su casa para cenar.

Al principio tuve la sospecha de que quizá se tratase de una inocentada. ¿Y si llegaba a su casa y el tío no había cocinado nada?

Pero no, no era ninguna inocentada. Carlos es bastante serio y no suele gastar ese tipo de bromas. La cena ya estaba lista cuando llegué y todo era exquisito.

Me imagino que el tío me habría visto muy triste después de lo de Carmen y no quería que yo estuviera solo en casa. Al fin y al cabo estábamos en Navidad.

Mientras cenábamos se me ocurrió una idea. ¿Y si les gastábamos nosotros una inocentada a nuestros amigos?

Sin pensarlo dos veces, le grité a Carlos: "¡Eso es! ¡el Gordo! ¡el Gordo!"

Carlos me miró sin comprender. No dijo nada, pero en sus ojos vi reflejado lo que estaba pensando en aquel momento: que lo de Carmen me había afectado más de lo que parecía y que yo me había vuelto loco.

Intenté explicarme mejor: "¡No me he vuelto loco, tío! Escucha, se me acaba de ocurrir una idea muy chula para gastar una inocentada. ¿Y si decimos que nos ha tocado el Gordo? ¡Podemos decir que nos ha tocado un montón de dinero en la lotería; que vamos a dejar de trabajar y que nos vamos a ir de viaje por ahí los dos! Puede ser divertido, ¿no? ¿Qué te parece?".

No sé si sabes, querido lector, que el 21 o el 22 de diciembre de cada año hay un sorteo de lotería muy importante en España: el sorteo de Navidad.

El premio más importante de este sorteo, el más grande, se conoce popularmente como "el Gordo". Si a alguien le toca el primer premio en el sorteo de Navidad, se dice que le ha tocado el Gordo.

Total, que le propuse a Carlos que dijéramos que nos había tocado el Gordo de Navidad.

A Carlos le gustó la idea. Se trataba de una broma inocente para tomarles el pelo a nuestros amigos, a nuestros familiares y en general a la gente que nos conocía.

Estábamos seguros de que nadie nos creería, pero de todas formas la idea nos parecía divertida. Y además, no se nos ocurría nada mejor que hacer para pasar la noche.

Dicho y hecho. Cogimos una botella de champán y nos hicimos unos cuantos selfies brindando, como si estuviéramos muy contentos porque nos había tocado la lotería. Luego subimos las fotos en Instagram y en Facebook para que las viera todo el mundo.

Nos reímos un motón. Carlos es bastante serio y no suele gastar bromas. Supongo que lo hizo por mí. Me imagino que quería que yo me sintiera mejor; que me olvidara de Carmen, aunque fuera solo un rato.

Como te puedes imaginar, querido lector, yo estaba pasando otra vez por una racha muy mala y no podía quitarme de la cabeza lo que me había pasado.

Después de cenar con Carlos, llamé un taxi y volví a mi casa. En cuanto llegué me fui directamente a la cama. Solo quería dormir porque había bebido mucho y estaba hecho polvo.

Antes de dormirme miré el móvil y vi que alguien había dejado un mensaje de voz. Intenté escucharlo, pero cuando estaba a punto de hacerlo el teléfono se apagó. Se había quedado sin batería. Dejé el teléfono en el suelo, me di media vuelta en la cama y **me quedé frito** en dos segundos.

Al día siguiente me levanté con dolor de cabeza, como siempre que bebo.

El teléfono estaba muerto. Lo enchufé para que la batería se fuera cargando mientras me duchaba.

En cuanto acabé en el baño fui a la cocina y me hice un café solo bien cargado. Ese es el mejor remedio que conozco contra la resaca.

Cuando la batería del móvil terminó de cargarse, lo cogí y me senté en el sofá a beberme el café.

El sol aún no había salido y la cocina estaba a oscuras, pero la cabeza me dolía un montón y no quería encender la luz todavía.

Con todo el vino y con todo el champán que Carlos y yo nos habíamos bebido la noche de antes, la luz me molestaba en los ojos y me empeoraba el dolor de cabeza. Por el momento, era mejor seguir a oscuras.

Me acordé del mensaje de voz. Me puse el teléfono en la oreja distraídamente, sin fijarme en quién lo había dejado, y le di al botón de escuchar.

"¡HOLA, JUAN! ¿CÓMO ESTÁS? SOY YO."

Pulsé la tecla de pausa inmediatamente. Había reconocido la voz.

¡Carmen! ¡Era Carmen!

Al escuchar su voz, el corazón me dio un salto tan fuerte que casi se me sale por la boca. Ella era la última persona que yo esperaba que me llamase.

Me quedé de piedra, pero comprendí inmeditamente lo que había pasado. Enseguida me di cuenta de por qué me había llamado.

O sea, la noche anterior yo había dicho de broma en Facebook y en Instagram que me había tocado el Gordo de la lotería y unas horas después, pensando que tengo dinero otra vez, la tía va y me llama y me deja un mensaje de voz. ¡Qué fuerte!

¡Se había tragado la inocentada! ¡Se había creído que me había tocado el Gordo de verdad!

Pulsé la tecla de escuchar otra vez.

"TE LLAMABA SOLO PARA DESEARTE UNA FELIZ NAVIDAD Y UN PRÓSPERO AÑO NUEVO."

Pulsé pausa. Yo estaba flipando de verdad.

O sea, la tía **me deja tirado** y se larga con otro después de que yo le pagase todos los gastos de la operación y la enchufase en la universidad.

De un día para otro desaparecieron los dos sin dejar rastro, como si se los hubiera tragado la tierra. Y ahora, como si nada hubiera pasado, va la tía y me llama tan tranquila para decirme Feliz Navidad y desearme Feliz Año Nuevo.

¡Qué cara!

¡Qué cara más dura!

Volví a darle a escuchar una vez más. Quería saber qué tenía que decir la traidora, la falsa, la traicionera…

"NO QUIERES HABLAR CONMIGO, ¿VERDAD? SUPONGO QUE ME ODIAS."

Volví a parar el mensaje. **No daba crédito** a lo que estaba escuchando.

¿Odiarla? Hombre, no, no la odio. No la odio, pero… ¡Qué cara más dura tiene!

Dice que no quiero hablar con ella… ¡Pues claro que no quiero hablar con ella! ¡Pero si me ha arruinado la vida! ¡Si me ha hecho mucho daño!

La tía me deja por otro, me engaña, se lleva mis tetas… Digo "mis tetas" porque, oye, es que eran mis tetas: ¡las había pagado yo! ¡Eran mías!

Y ahora resulta que, en lugar de disfrutarlas yo, las está disfrutando el imbécil de Alfred. Cada vez que lo pienso **me pongo de los nervios.**

Y encima va la tía, me llama y me pregunta que si la odio... Odiarla, no. No la odio. ¡Pero qué cara! ¡Qué cara más dura tiene!

Le di otra vez a escuchar. Quería continuar escuchando a la charlatana, la farsante, la tramposa...

"ES NORMAL. ME HE PORTADO MUY MAL CONTIGO."

Tuve que parar de nuevo. Su tono de voz me recordaba algo.

Hablaba con voz de niña inocente. Entonces caí en la cuenta de que esa era la voz que ponía cuando me decía que le daba vergüenza ponerse en bikini en la playa, que tenía las tetas muy pequeñas, que pensaba que todo el mundo la miraba...

Se ve que cuando quiere algo de ti, pone una voz como de niñita ingenua que **no ha roto nunca un plato.**

¡Farsante! ¡Estafadora! ¡Tramposa!

Me roba 50 mil euros, me abandona como se abandona un par de zapatos viejos, me deja en mal lugar delante de mi jefe, se larga con el cabrón de Alfred, me rompe el corazón en mil pedazos, me humilla delante de todos...

¡Y lo único que se le ocurre decir es que se ha portado muy mal conmigo!

¡Qué cara más dura tiene!

"LO SÉ. TÚ ME AYUDASTE TANTO Y YO EN CAMBIO COMETÍ UN ERROR."

¡Ah! ¡Cometió un error! ¡Pobrecita!

¿Y ahora qué quieres? ¿Qué quieres que yo haga?

¿Para qué me llamas? ¿Qué quieres de mí?

"UN GRAVE ERROR."

¡Sí, sí! ¡Lo sé! ¡Muy grave! ¡Gravísimo! ¡Qué me vas a decir a mí! Hace dos semanas que no pego ojo, estoy destrozado...

"NO DEBERÍA HABERTE DEJADO POR ALFRED. FUE UN ERROR."

¡Que sí, que sí! ¡Que fue un error! ¿Y qué hacemos? ¿Qué hacemos ahora? ¿Qué quieres que yo haga? ¿Qué quieres de mí?

"AHORA ME HE DADO CUENTA DE QUE ALFRED NO VALE LA PENA."

¡Ahora se ha dado cuenta! ¡Ahora! **A buenas horas, mangas verdes.**

¡Por supuesto que no vale la pena! Ese tío es **un petardo**. ¡Un petardo! Yo ya lo sabía.

¿Pero dónde vas con Alfred, tía? ¿Dónde vas con ese petardo?

"ES JOVEN, SÍ. ES JOVEN Y GUAPO, PERO ES MUY ABURRIDO."

¿Qué me vas a decir a mí? ¡Pero si eso ya lo sabía yo!

Si lo conozco desde hace un montón de tiempo y sé perfectamente que es un tío aburridísimo; es el tío más aburrido que ha pisado la tierra.

Ya sé que Alfred es joven, guapo y que se cuida mucho. Va al gimnasio todos los días, toma leche de soja, come pan sin gluten, desayuna tostadas con aguacates, hace yoga, lleva siempre ropa de marca, tiene el cuerpo lleno de tatuajes…

Está bueno, sí, yo lo reconozco; es joven, guapo y está buenísimo. Por lo menos eso es lo que dicen las tías…

¡Pero es aburridísimo! No tiene nada dentro de la cabeza. ¡Es muy aburrido!

Yo seré viejo, feo y tendré muchas canas en el pelo y la piel llena de arrugas, pero… ¡Pero por lo menos soy divertido y tengo una conversación interesante! Alfred, en cambio, es un soso, un mustio y muy superficial.

¡Por supuesto que no valía la pena dejarme por él! Tía, es que has dejado a un hombre fantástico como yo por un petardo como Alfred. ¡Un petardo! Eso es lo que es Alfred: un petardo.

"NO TIENE SENTIDO DEL HUMOR. ME ABURRO MUCHO CON ÉL"

¡Por supuesto que se aburre con él! ¡No me extraña nada! Es un tío superaburrido. ¿Pero cómo no se va a aburrir con un tío que solo habla de ir al gimnasio, del cuerpo que tiene, de la ropa que lleva…? ¡Es un tío muy superficial!

Yo no seré ni tan guapo ni tan joven ni tan guay como Alfred, pero no soy superficial…

Yo tengo un cierto nivel cultural. Te recuerdo, querido lector, que yo me he visto doce veces El séptimo sello, de Ingmar Bergman, una de las películas más intelectuales de la historia del cine. Sigo sin entenderla, pero ese es otro problema que ahora no viene a cuento.

Que nadie se ofenda, pero yo estoy convencido de que la mayoría de los hombres guapos son normalmente muy aburridos; como son guapos, como están muy buenos, como tienen un cuerpazo, pues no necesitan hacer nada para atraer a las mujeres. No necesitan hacer ningún esfuerzo especial para gustar.

Bueno, sí, van al gimnasio y se cuidan un poco. Se compran cremitas para la cara, prestan atención a la ropita que llevan, comen ensaladas con aguacate y apio, desayunan zumo de naranja…

Pero ya está. Nada más. No tienen que hacer mucho esfuerzo para atraer a las chicas. Están tan buenos que su físico les basta.

En cuanto se dan cuenta del éxito que tienen con las mujeres, la mayoría de los hombres guapos se preocupan solo de mantenerse bien físicamente y descuidan su intelecto. Resultado: se vuelven superficiales y aburridos.

En cambio, los hombres como yo, los hombres un poco feos como yo (porque, vamos a ser serios, querido lector, yo soy un poco feo, ¿vale? Vamos a decir las cosas como son: yo soy más bien feo y cada vez más viejo; tengo arrugas, tengo canas, llevo gafas…) tenemos que desarrollar otras habilidades para compensar nuestra falta de atractivo físico.

Los hombres más bien feos como yo tenemos que ser más inteligentes; tenemos que desarrollar nuestro sentido del humor; tenemos que tener una conversación intelectual o, por lo menos, amena, interesante...

Eso nos lleva a leer libros, a estudiar, a viajar, a escribir poesía, a aprender música, a tocar algún instrumento, a interesarnos por el arte, por el cine y por la cultura en general.

En fin, que tenemos que compensar nuestra falta de atractivo físico con nuestro intelecto. Si no, no ligamos.

Porque en el fondo se trata de eso: de ligar. Todos los hombres, ya sean guapos o feos, todo lo que hacemos lo hacemos para gustar, para ligar...

En fin, lo que quiero decir es que a la hora de ligar, si además de feo eres aburrido, soso, superficial y sin sentido del humor, lo tienes fatal, tío. No vas a ligar nada.

En cambio, si eres feo, pero sabes usar el sentido del humor para hacer reír a la gente; si hablas idiomas, lees libros, vas al cine, hablas de filosofía, viajas, tienes un poco de mundo... En fin, entonces la cosa cambia.

Ser guapo mola, claro. A todos nos gustaría ser más guapos. Pero no es suficiente. Un hombre que basa todo su atractivo en su físico, termina por ser muy aburrido. No me extraña que Carmen se aburra con Alfred. No me extraña para nada.

"YO NECESITO UN HOMBRE DE VERDAD A MI LADO, JUAN; UN HOMBRE COMO TÚ."

Demasiado tarde, Carmen. Llegas demasiado tarde. Lo siento.

"¡AY, TE ECHO MUCHO DE MENOS!"

¡Claro! ¡Claro, que me echa mucho de menos! Es normal. No me extraña. ¿Pero cómo no me va a echar de menos? ¡Por supuesto que me echa de menos! ¡Por supuesto!

Yo a ella también, un poco. Bueno, mucho. Claro, yo también la echo de menos, pero… ¡Pero yo tengo una dignidad! Yo no puedo volver con una mujer que se ha burlado de mí; una mujer que me ha humillado, que me ha roto el corazón.

"ME HE DADO CUENTA DE QUE NO ESTOY ENAMORADA DE ALFRED; ME HE DADO CUENTA DE QUE YO SIGO ENAMORADA DE TI, JUAN."

¡Una mierda! ¡Una mierda!

La tía me dice que sigue enamorada de mí solo porque piensa que me ha tocado el Gordo y que tengo un montón de dinero.

¡Qué cara! ¡Qué cara más dura tiene!

Esta tía no está enamorada ni de mí ni de nadie.

"JUAN, ESCÚCHAME, TÚ Y YO PODEMOS SER FELICES JUNTOS."

¡Una mierda!

"SÉ QUE TE HE HECHO SUFRIR, SÉ QUE ME HE PORTADO MAL, PERO POR FAVOR PERDÓNAME. DAME UNA SEGUNDA OPORTUNIDAD."

¡No! ¡No hay más oportunidades! Yo tengo una dignidad. ¿Cómo te voy a perdonar después de lo que me has hecho?

Lo que tienes que hacer, guapa, es devolverme mi dinero. ¡Eso es lo que tienes que hacer: devolverme mis cincuenta mil euros!

"HE PENSADO QUE PODRÍAMOS PASAR LA NOCHEVIEJA JUNTOS."

Pero, por Dios, ¿a quién se le ocurre? ¡Después de todo lo que me ha hecho! Después de todo lo que me ha hecho sufrir, la tía quiere que pasemos la última noche del año juntos…

¡Qué fuerte! ¿A quién se le ocurre?

"¿QUÉ TE PARECE? ¿TE IMAGINAS? TÚ Y YO SOLOS EN NOCHEVIEJA. YO CON MI BIKINI ROJO…"

¿Con el frío que hace en Nochevieja se va a poner un bikini? Está loca. Esta tía se ha vuelto loca.

"… TÚ CON TU TRAJE DE HOMBRE PRIMITIVO."

El traje de hombre primitivo lo voy a quemar, tía. ¡Lo voy a quemar! No quiero saber nada más del traje ese…

"¡CÓMO ECHO DE MENOS TU TRAJE DE HOMBRE PRIMITIVO!"

¡Pues que se lo ponga Alfred! ¡Ponle el traje de hombre primitivo a Alfred, tía, y déjame en paz!

Venga, hombre, ¿es que estamos locos o qué?

"¡ESTABAS TAN SEXI EN VERANO!"

Yo estoy sexi en verano, en invierno, en primavera y en otoño. ¡Yo estoy sexi todo el año!

"¡JUAN, POR FAVOR, DÉJAME VOLVER CONTIGO!"

¡Una mierda! Tú no vuelves más conmigo.

"¡TE ECHO TANTO DE MENOS!"

Pues lo siento, pero ahora es demasiado tarde. Tú me dejaste por ese tío, por ese chulo, por ese imbécil; ahora pasas la Nochevieja con él y te aburres con él porque yo tengo otras cosas que hacer.

"¡PERDÓNAME!"

¡No!

"¡PERDÓNAME Y VOLVAMOS A EMPEZAR!"

¡Que no!

"¡VENGA, JUAN!"

¡He dicho que no!

"¡VAMOS A INTENTARLO DE NUEVO!"

¡Que no! He dicho que no. No quiero volver a intentarlo de nuevo. Estoy harto del traje de hombre primitivo, estoy harto del bikini, estoy harto de ti, estoy harto de Alfred y estoy harto de este año.

Ahora solo quiero que este año termine cuanto antes y que empiece el año nuevo, a ver si es un poco mejor que este porque vamos…

"¡LLÁMAME, POR FAVOR, LLÁMAME!"

¿Que te llame? Después de todo el daño que me has hecho, ¿quieres que te llame otra vez?

¡No! No, no te voy a llamar y, por favor, no vuelvas a llamarme tú tampoco. No me llames nunca más. Por favor te lo pido.

"¡TE QUIERO, JUAN!"

¡Una mierda! Tú no quieres a nadie.

¿Te das cuenta, querido lector? La tía me llamó cuando pensaba que yo era rico. Se tragó lo de que me había tocado el Gordo de Navidad y me llamó inmediatamente.

¡Qué cara más dura! Es una mala mujer.

Quería reírse de mí otra vez; quería quitarme más dinero.

"¡Te quiero! ¡Perdóname! ¡Llámame!" Lo decía como si nada hubiera pasado, con voz de no haber roto nunca un plato.

¡Qué farsante! ¡Qué traidora! ¡Qué falsa!

¡Así es la vida! ¡Ay!

¿Pero cómo he estado tan ciego? ¡Qué desastre!

Y lo peor es que no puedo echarle la culpa a nadie de lo que me ha pasado porque mis amigos ya me lo habían advertido muchas veces: "Juan, que esa tía va a por tu dinero; Juan, que esa tía se está aprovechando de ti…"

¡Qué idiota! ¡Qué idiota he sido!

En fin, ahora tengo que irme porque Carlos me está esperando. Vamos a dar una vuelta.

Él dice que vamos a ligar, pero yo sé que no es verdad. Nunca ligamos.

Yo sé lo que va a pasar esta noche. Va a pasar lo que pasa siempre que salimos los dos juntos: vamos a beber hasta emborracharnos, vamos a hablar toda la noche de cuando éramos jóvenes; vamos a reír, vamos a llorar…

Acabaremos abrazados el uno al otro, en cualquier bar de mala muerte, más solos que la una y cantando "Asturias, patria querida", que es la canción que cantan todos los borrachos de nuestra edad.

Ha sido un año horrible. Menos mal que ya se está terminando.

Pero el año que viene va a ser diferente. Sí, estoy decidido a que el próximo año sea mucho mejor.

Estoy harto. Hay muchas cosas en mi vida con las que no estoy contento. Tengo muchas ganas de cambiar, de mejorar.

El año que viene nada será igual. Voy a cambiar mi vida de una vez.

He hecho un montón de buenos propósitos. Quiero que a partir del uno de enero mi vida sea muy distinta de lo que ha sido hasta ahora.

Ya sabes, querido lector: Año Nuevo, Vida Nueva.

Vocabulario 12

Una historia rocambolesca: una historia muy poco creíble, absurda.

... Se la traguen: el verbo "tragarse" significa comerse algo de forma rápida, sin masticar. También se usa en el sentido de creerse una mentira; creer que es verdad una historia que en realidad es falsa.

Por inversosímil que esta sea: aunque sea muy increíble o absurda.

Me quedé frito: me quedé dormido (quedarse frito = quedarse dormido).

Me deja tirado: me abandona, me deja.

¡Qué cara más dura! Se dice esta expresión en referencia a alguien que hace algo que no debería hacerse (normalmente algo inmoral o ilegal).

No daba crédito: no podía creer; me parecía increíble.

Me pongo de los nervios: me pongo nervioso.

No ha roto nunca un plato: cuando alguien da la impresión de ser muy bueno, de no haber hecho nunca nada malo, decimos que "parece que no ha roto nunca un plato". Normalmente se usa esta expresión de forma irónica, cuando descubrimos que la persona que pensábamos que era muy buena, en realidad no lo es.

A buenas horas, mangas verdes: este dicho se suele decir cuando alguien hace algo demasiado tarde y ya no es necesario.

Un petardo: en el contexto de la historia, un petardo es alguien aburrido, poco interesante.

Fin de

HISTORIA DEL AÑO

WEB SERIES ON YOUTUBE

HISTORIA DEL AÑO was originally released as a series of 12 videos on YouTube, each of them featuring live narration of the story.

The main purpose of the videos was to show the use of key vocabulary and key grammar structures in context, as used by native speakers.

Watch all the videos of the story and do the comprehension exercises on this link:

www.1001reasonstolearnspanish.com/storytelling-spanish/

VÍDEOS EN YOUTUBE

Español Con Juan:
vídeos en español para aprender español

Español Con Juan es una canal en Youtube para ayudarte a aprender o mejorar tu español.

En **ESPAÑOL CON JUAN** puedes encontrar:

1. **Vídeos solo en español**: porque para mejorar tu español tienes que escuchar a nativos hablando en español, no en inglés.

2. **Historias**: la mayoría de mis vídeos no son lecciones tradicionales de gramática y vocabulario. Normalmente hacemos juegos o contamos historias para ayudarte a aprender gramática y vocabulario de forma natural y en contexto.

MORE STORIES

I hope you enjoyed reading HISTORIA DEL AÑO and find it useful for your Spanish.

If you would like to read some more stories in Spanish, check our website. We have a few more Spanish Graded Readers that may interest you (they are called "Lecturas Graduadas" in Spanish).

Remember that the language used in these short stories has been adapted according to different levels of difficulty, and will help you revise and consolidate your grammar and vocabulary.

www.1001reasonstolearnspanish.com/historias-para-aprender-espanol/

FREE ONLINE ACTIVITIES

If you want to learn or improve your Spanish, have a look at our blog. We have many interesting activities and resources (vídeos, audios, online courses, interactive exercises, games, etc) to help you learn or improve your Spanish.

To see all these activities, please open this link:

https://www.1001reasonstolearnspanish.com/

ABOUT THE AUTHOR

Juan Fernández used to teach Spanish at University College London and is also the creator of 1001 Reasons To Learn Spanish, a website with videos, podcasts, games and other materials to learn Spanish in an interesting and enjoyable way.

www.1001reasonstolearnspanish.com

BEFORE YOU GO

Before you go, I would like to ask you a great favour:

PLEASE, GIVE ME SOME FEEDBACK!

Feedback from my readers is imperative for me, so I can improve and get better at writing stories and creating learning materials for Spanish students.

For that reason, **I would like to ask you to write an honest review for this book on Amazon**. I will read it with utmost interest and, of course, your opinion will be very useful to help other Spanish learners decide whether this book is right for them or not.

Thank you!

Juan Fernández

CPSIA information can be obtained
at www.ICGtesting.com
Printed in the USA
JSHW012145030420
4986JS00006BB/1497